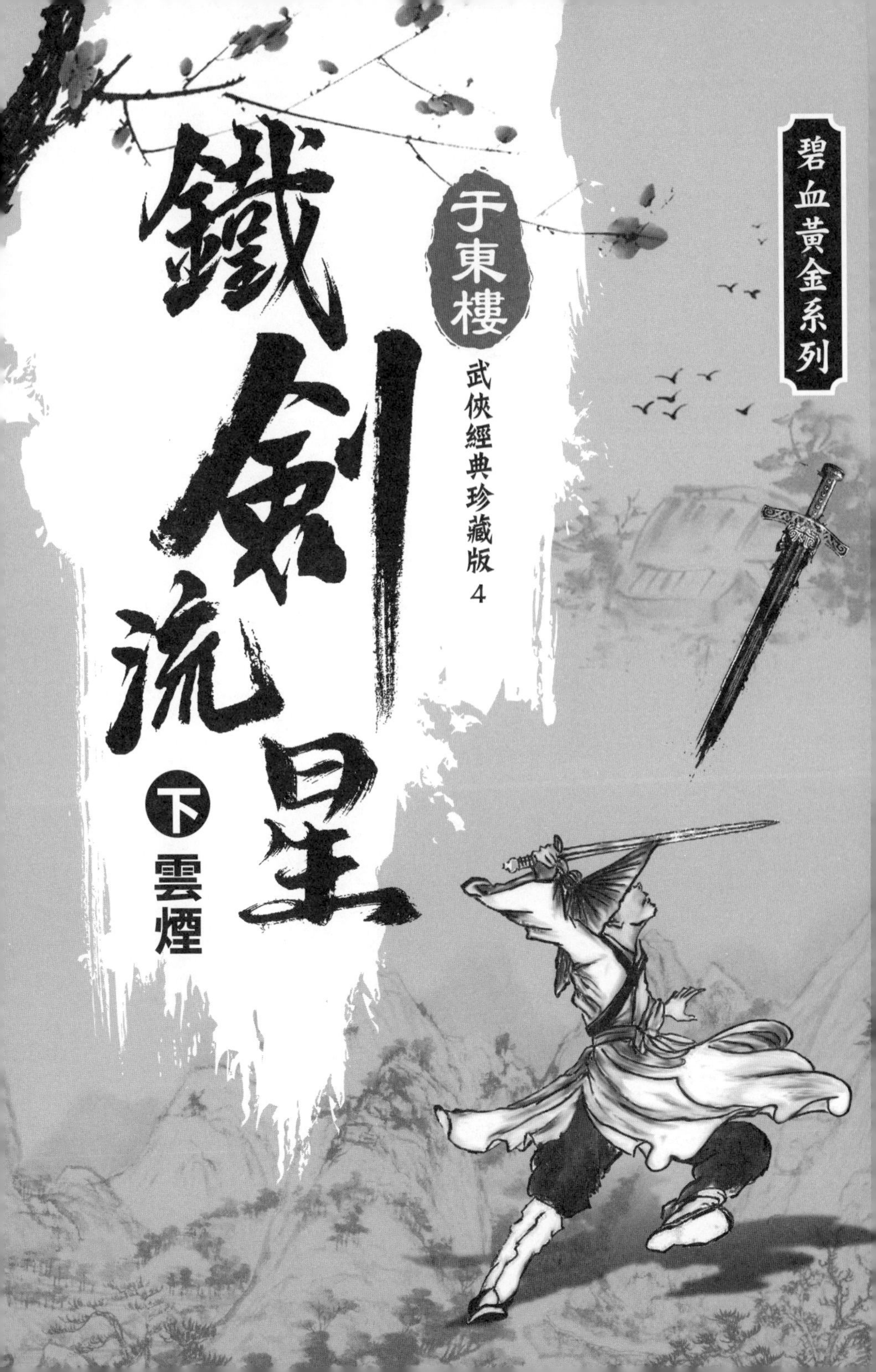
碧血黃金系列
鐵劍流星
于東樓
武俠經典珍藏版
4
下
雲煙

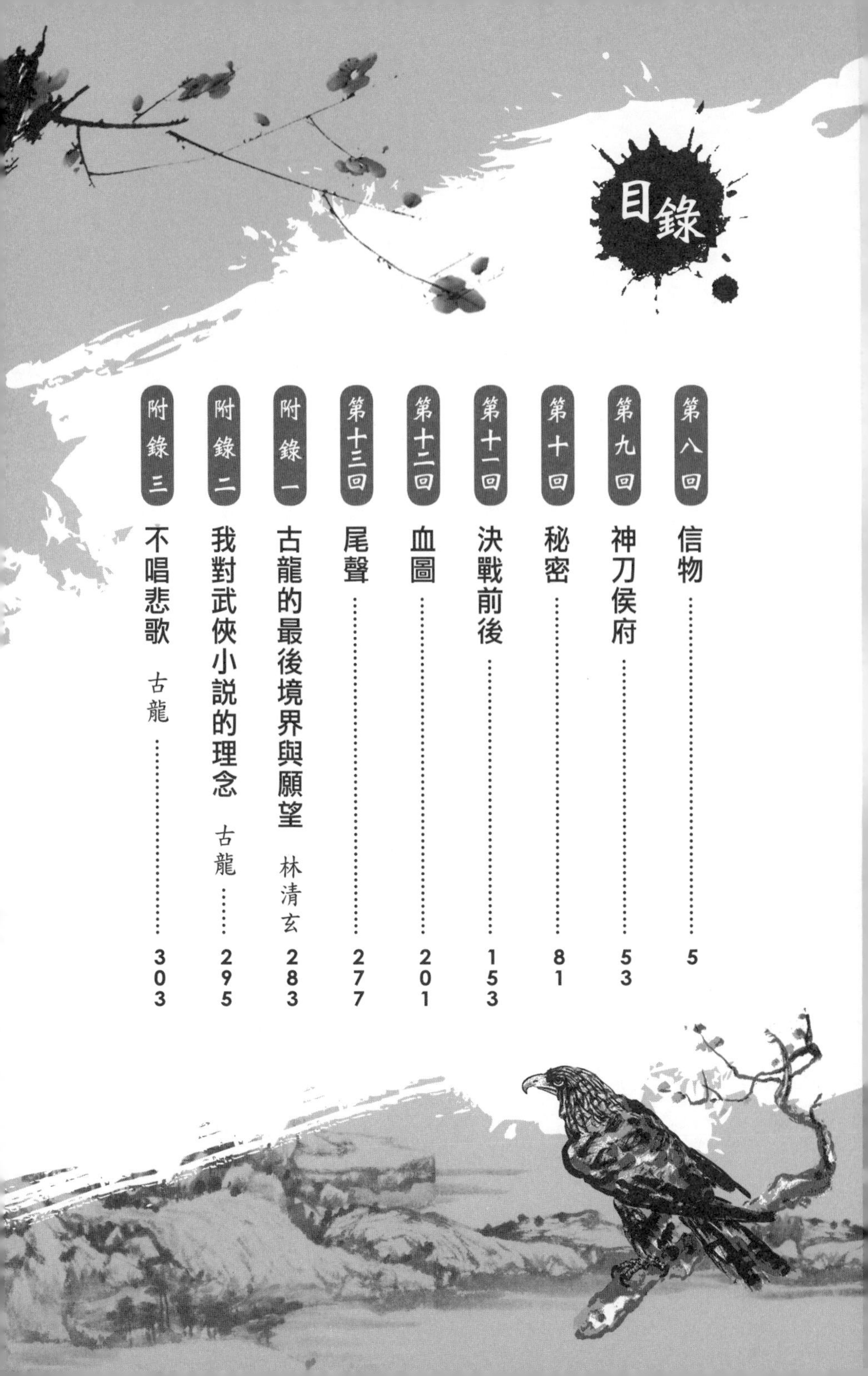

目錄

第八回 信物

一

胡歡越過屋脊，悄悄翻落院中，雙足剛剛著地，整個人便已楞住。

緊閉的窗戶下，果然有個人正舒坦的坐在一張矮凳上。那人卻非他久候不至的秦十三，竟是意想不到的「神手」葉曉嵐。

胡歡不禁驚喜道：「咦，你怎麼來了？」

葉曉嵐瞇眼笑道：「小胡兄有難，小弟能不趕來護駕嗎？」

胡歡哈哈一笑，道：「你既然來了，為何不招呼一聲？鬼鬼祟祟的躲在外邊幹什麼？」

葉曉嵐笑嘻嘻道：「小弟不敢貿然打擾，只好坐在外邊替兩位把把風。」

胡歡一陣急咳，轉首道：「秦十三呢？有沒有跟你在一起？」

葉曉嵐臉色一陰，道：「小弟對六扇門的人一向不感興趣，怎麼可能跟他走在一起？」

胡歡微微一怔，道：「你一個人如何找得到這個地方？」

葉曉嵐道：「這有何難？我循著牛車的軌跡，很容易便找到這裡。」

胡歡怔怔地望著他，道：「你可曾去找過潘秋貴？」

葉曉嵐搖頭。

胡歡暗驚道：「那就怪了！我坐牛車離城的事，只有潘秋貴和他的手下曉得，這消息如何會洩漏出去？」

葉曉嵐笑笑道：「在崇陽絕對沒有秘密，任何事都休想瞞過侯府的耳目。」

胡歡嘆了口氣，道：「如此說來，只怕侯府的人也早已出動了。」

葉曉嵐道：「不錯，金玉堂已派出大批人馬，正在四處尋找那輛牛車的下落。」

胡歡雖然一向臨危不亂，這時也不免面露驚慌地朝停放牛車的後院掃了一眼。

葉曉嵐忙道：「小胡兄不必擔心，那輛牛車早已藏好，否則在你出去找藥的時候，玉流星早就落在他們手中。」

胡歡鬆了口氣，道：「你把它藏在哪裡？有沒有留下痕跡？」

葉曉嵐含笑站起，走到院角一間比牛車也大不了多少的柴房前，將狹小的房門打開，神態灑脫的往裡指了指。

胡歡滿臉狐疑地趕過去，一副難以置信的模樣，探首往裡一瞧，不由倒抽了一口冷氣。

原來那輛牛車竟直立在柴房裡，那頭拉車的黃牛也正擠在一旁吃草，牛角不時磨擦著車輛，車輪還在不停地轉動。

葉曉嵐笑嘻嘻道：「小弟本想把它搬遠一點，只因為五個小鬼鬼小力微，實在搬它不動，所以只好臨時在這裡藏一藏。」

胡歡仰首哈哈一笑，手臂在葉曉嵐肩膀上一勾，道：「走，先進去喝杯熱茶，等秦十三趕來了，我們再作下一步的打算。」

葉曉嵐卻動也不動，道：「秦十三恐怕是不會來了。」

胡歡愕然道：「為什麼？」

葉曉嵐「吃吃」笑著道：「小弟已經將附近的環境清理得乾乾淨淨，就算他按照那些暗記找來，也絕找不到這裡，最多也只能在三里之外繞著那座小山崗打圈圈而已。」

胡歡聽得不禁又楞住了。

× × ×

秦官寶獨坐馬上，挺胸昂首，神氣極了。

沈貞牽著馬，扛著槍，說起話來既謙卑又和氣，邊走邊柔聲道：「小兄弟，我能不能向你打聽一件事？」

秦官寶看也沒看她一眼，道：「說！」

沈貞道：「你經常跟胡師伯在一起，你有沒有發現他身上有塊玉珮？」

秦官寶道：「玉珮？」

沈貞道：「嗯，綠色的，大概只比核桃大一點，上面好像還刻著幾個字。」

秦官寶道：「什麼字？」

沈貞道：「我也不太清楚，我問過師父幾次，她都不肯說。我想上面刻的一定是吉祥如意、福祿壽喜之類的吉祥話。」

秦官寶道：「那塊玉……值不值錢？」

沈貞道：「好像很名貴的。」

秦官寶道：「絕對沒有，就算以前有過，現在也早就被他賣掉了。」

沈貞情急道：「你胡說！那是我師父跟他之間的信物，他怎麼捨得賣掉？」

秦官寶突然縮起脖子，「吃吃」笑了一陣，道：「像他那種人，窮起來連褲子都賣，只要能變銀子，沒有捨不得的東西，哪裡還顧得是誰的信物！」

沈貞停馬喝道：「秦官寶，你太過分了！你怎麼可以把胡師伯說成這種人？」

秦官寶吃過她的苦頭，不敢跟她分辯，只好苦著臉道：「那麼妳說說看，在妳的心目中，胡叔叔應該是怎樣的一個人？」

沈貞咬著嘴唇、翻著眼睛想了想，道：「我想他一定是個既英俊、又瀟灑、武功好、智慧高、講義氣、重氣節，而又富有同情心的人。」

秦官寶目瞪口呆，道：「妳說的是胡叔叔？」

沈貞道：「是呀！」

秦官寶楞了半晌，突然翻身下馬，道：「沈姑娘，妳趕緊回去吧！妳這位師伯還是不見為妙，否則妳一定會大失所望。」

沈貞道：「為什麼？」

秦官寶道：「因為他跟妳想像中的，幾乎完全是兩種人。」

沈貞道：「真的嗎？」

秦官寶道：「當然是真的。」

沈貞連連搖頭道：「我真有點懷疑，你究竟認不認識我胡師伯？」

秦官寶急道：「這是什麼話！我跟他熟得很，熟得就親叔侄一樣。」

沈貞道：「這麼說，你對胡師伯的過去，想必也十分了解了？」

秦官挺胸道：「豈止了解？簡直了解得一清二楚。」

沈貞道：「那你能不能告訴我，胡師伯過去一共有過多少女人？」

秦官寶一怔，道：「妳問這事幹什麼？」

沈貞道：「考考你。」

秦官寶抓耳摸腮道：「他的女人多得連他自己都算不清，我怎麼會知道？」

沈貞道：「總之很多，是不是？」

秦官寶道：「不少。」

沈貞道：「為什麼會有那多女人喜歡他？是因為他有財有勢，還是因為他長得特別好看？」

秦官寶道：「財勢，他是絕對沒有，長相嘛……如果他把鬍子刮乾淨，再稍微修飾一下，好像還不錯。」

沈貞道：「你看，我說他長得英俊瀟灑，沒說錯吧？」

秦官寶被她堵得啞口無言，只有傻笑。

沈貞立刻道：「你對你十三叔又了解多少？」

秦官寶又是一怔，道：「他是我親叔叔，我當然了解得比誰都清楚。他一生只有兩個女人，第一是我十三嬸，第二個就是水蜜桃。」

沈貞笑道：「我問的不是他有多少女人。」

秦官寶道：「妳想問什麼？」

沈貞道：「我想問你，他的武功怎麼樣？」

秦官寶道：「高得很，在保定秦家是頂尖人物，在江湖上也是個響噹噹的角色。」

沈貞道：「依你看，憑你十三叔那把刀，能在風雨雙龍劍聯手合攻之下支撐多少招？十招，還是十五招？」

秦官寶滿不服氣道：「不止，我看至少也可以支撐二十招。」

沈貞道：「而胡師伯卻輕輕鬆鬆地跟他們走了三十招，你能說他的武功不好嗎？」

秦官寶急忙辯道：「我沒說過胡叔叔的武功不好，我對他的武功一向欽佩得很。」

沈貞笑笑道：「當然，他武功再高，想保住這份藏寶圖，只怕也不容易。」

秦官寶立刻接道：「但別人想從他手裡奪過去也不簡單，他滿肚子都是鬼點子，妳沒看見連金玉堂都被他耍得團團轉？」

沈貞立刻道：「你所謂的那些鬼點子，也就是我所說的智慧。」

秦官寶道：「哦！」

沈貞繼續道：「只可惜他的對手不止一個金玉堂，也不止一個侯府，還有實力與侯府相當的大風堂和錦衣樓虎視在後，如果沒有好朋友幫忙，靠他一個人行嗎？」

秦官寶道：「這個妳放心，胡叔叔別的沒有，朋友可多得不得了，每個人都跟他有過命的交情，就跟我十三叔一樣。」

沈貞淡淡一笑，道：「你想想看，如果他不是個講義氣的人，他會有這麼多好朋友嗎？」

秦官寶道：「是啊！連我十三叔都說胡叔叔是個輕財重義的人。」

沈貞道：「至於氣節，我相信任何人都不能對他置疑，因為他是南宮胡家的後代。」

秦官寶點頭不迭道：「那當然。」

沈貞道：「如果你對他的同情心尚有疑問，你不妨進城去找你十三叔。」

秦官寶一驚道：「找我十三叔幹什麼？」

沈貞道：「去看看他的腦袋還有沒有長在頸子上。」

秦官寶莫名其妙道：「這跟我十三叔的腦袋有什麼關係？」

沈貞道：「當然有關係，當年如非胡師伯同情你十三叔，他的腦袋還能留到現在嗎？」

秦官寶道：「妳不要搞錯，他們兩個是好朋友，我十三叔也曾救過胡叔叔的命。」

沈貞道：「他們的交情是從那個時候才開始，當時胡師伯救你十三叔，只是出於同情心罷了。」

秦官寶想了想，道：「嗯，也有道理。」

沈貞道：「所以我說胡師伯是個既英俊、又瀟灑、武功好、智慧高、講義氣、重氣節，而且又富有同情心的人，你相信了吧？」

秦官寶道：「我當然相信。」

沈貞道：「可是方才你為何說胡師伯跟我想像中的完全是兩種人？」

秦官寶道：「誰說的？」

沈貞道：「當然是你說的。」

秦官寶眼睛一翻，道：「開什麼玩笑！我幾時說過這種混帳無知的話？一定是妳聽錯了。」

沈貞怔了怔，突然失笑道：「瞧不出你小小年紀，要賴的功夫倒是天下一流。」

秦官寶轉首他顧，避不應聲。

沈貞笑笑道：「好吧，我們也不必再為此事爭論，還是趕緊辦正事要緊。」

秦官寶道：「什麼正事？」

沈貞道：「當然是找胡師伯。他一路上留下暗記，想必急待支援。我這桿槍和你那雙耳朵，說不定還可以派上一點用場。」

秦官寶忽然又往前湊了湊，道：「沈姑娘，我又有個小秘密要告訴妳。」

沈貞苦笑道：「你請說，我正在洗耳恭聽。」

她一面說著，一面還直挖耳朵。

秦官寶輕聲細語道：「我在秦家任何功夫都是敬陪末座，但聽覺和嗅覺靈敏過人，比我十三叔還要高明得多，只是這件事，我一直沒讓我幾位爺爺發覺。」

沈貞詫異道：「你為什麼不讓他們發覺？」

秦官寶道：「我怕萬一他們認為我是一個可造之材，幾位爺爺輪流給我來個填鴨式的教導，然後再弄個差事把我一拴，我怎麼辦？」

沈貞道：「你不喜歡當差？」

秦官寶道：「當差有什麼出息？」

沈貞道：「那麼你將來想做什麼？」

秦官寶道：「我要做大俠。」

沈貞道：「嗯，有志氣。」

秦官寶道：「妳猜我為什麼把這個秘密告訴妳？」

沈貞道：「正想請教。」

秦官寶道：「如果妳不知道我的嗅覺異於常人，妳一定以為我在吹牛。」突然把聲音壓得更低，道：「因為我已經嗅到了生人氣味，人數好像還不少。」

沈貞大吃一驚，道：「你再仔細嗅嗅，看看究竟有多少人？」

秦官寶手指在耳鼓上一彈，道：「要想知道正確的人數，就得靠這個了。」於是立刻伏身下去，嘴裡開始數著：「一個、二個、三個、四個、五個……」

沈貞不等他數完，便將他抓上馬背，身子尚未坐穩，馬已衝了出去。

二

也不知奔馳了多久，沈貞陡聞身後的秦官寶叫道：「停一下！停一下！」

沈貞急忙勒馬，氣息喘喘道：「是否又有什麼發現？」

秦官寶道：「這個地方，我們好像剛剛走過。」

沈貞環首回望，道：「不會吧？」

秦官寶斬釘截鐵道：「方才經過的馬蹄痕跡仍在，絕對假不了！」

沈貞道：「你是不是想說你的眼力也高人一等？」

秦官寶道：「不錯，每一匹馬的痕跡，我都能分辨得很清楚。」

沈貞蹙眉道：「可是方才我們分明沒有轉彎，怎麼可能又回到原來的地方？」

秦官寶身子往前擠了擠，道：「這種情形，只有一種解釋。」

沈貞道：「你說。」

秦官寶顫聲道：「我們一定是碰到鬼打牆了。」
沈貞乍聽之下，不禁毛骨悚然，惶惶道：「你……你胡說！光天化日之下，怎麼可能鬧鬼？」
就在這時，坐騎陡然發出一聲驚嘶，前蹄也已騰起。
沈貞急忙將馬制住，強自鎮定道：「小兄弟，趕快下去聽聽，看附近究竟有什麼東西！」
秦官寶拚命搖頭，賴著不肯下馬。
沈貞冷笑壯膽道：「你膽子這麼小，將來還想做什麼大俠？」
秦官寶道：「誰說我膽子小？我……我只是認為聽也白聽。」
沈貞道：「為什麼？」
秦官寶道：「妳難道不曉得？鬼是沒有腳的。」
沈貞突然下馬，順手將秦官寶也扯下來，道：「說不定是個有腳鬼。你別怕，安心的聽，我在旁邊保護你。」
秦官寶戰戰兢兢地伏首下去，很快就又抬起頭，悄悄道：「是人。」
沈貞忙道：「幾個？」

秦官寶伸出一個手指。

沈貞鬆了口氣，冷笑道：「一個人有什麼好怕？不要理他，我們走！」

秦官寶道：「等一等，這條路有點邪門兒，我得仔細查看一下。」

一面說著，一面往前走，走出不遠，忽然喊道：「妳看，不知是哪個王八蛋在這裡動了手腳……」

喊聲未了，只覺得舌頭一痛，嘴裡突然多出個東西。

只嚇得秦官寶頓時跳起來，拚命將嘴裡的東西吐出一瞧，心裡更加驚慌，原來只不過是一片小小的枯葉。

走在他身後的沈貞，早已飛撲出去，越過一棵粗大的樹幹，回首就是一槍。

樹後果然有個人影竄了出來，看上去步法輕靈，動作其快無比。

可是沈貞也不慢，雪亮的槍尖一直穿梭在那人左右，幾次都險些刺在他身上。

秦官寶陡然發覺那人是葉曉嵐，急忙揮手叫道：「是自己人，趕快住手！」

沈貞唯恐誤傷了胡師伯的朋友，聞聲立即收槍。

葉曉嵐這才有機會喘了口氣，凝視著沈貞，道：「出槍見血，回馬連環，姑娘是李艷紅，還是沈貞？」

沒容沈貞答話，秦官寶便已搶著道：「她就是大名鼎鼎的沈貞沈姑娘。」

葉曉嵐苦笑道：「幸虧是沈姑娘，若是換成李姑娘，在下恐怕早就見血了。」

沈貞淡淡一笑，傲氣十足。

秦官寶莫名其妙道：「為什麼換成李姑娘就要見血？」

葉曉嵐道：「因為李姑娘的綽號就叫『出槍見血』。」

秦官寶道：「那麼沈姑娘呢？」

葉曉嵐道：「你難道沒看見她的回馬連環槍差點要了我的命嗎？」

秦官寶道：「回馬連環槍，哇！好威風的名字！」

葉曉嵐道：「所以我勸你千萬不要亂偷她的東西，否則一旦被發現，非把你刺成蜂窩不可。」

秦官寶傻笑道：「小葉叔叔真會開玩笑，我幾時偷過人家的東西……」

誰知話沒說完，只覺得手裡忽然一重，攤手一看，赫然是只銀簪，急忙朝沈貞頭上瞄了一眼，頓時聲色俱變道：

「咦！這是怎麼回事？沈姑娘頭上的東西，怎麼會無緣無故跑到我的手裡？」

沈貞抬手在頭髮上摸，也不禁花容變色，原來頭上簪髮的銀簪，不知何時已變成了一根樹枝。

她警覺性一向極強，而這次被人在頭頂上動了手腳，竟然一絲都未曾發覺。

秦官寶雙手捧著那支銀簪，走到沈貞面前，一副欲哭無淚的樣子，道：「沈姑娘，妳可千萬不能誤會，我只是一時不小心，著了人家的道兒！」

一邊向沈貞解釋，一邊還悄悄地瞟了葉曉嵐一眼。

葉曉嵐也正在似笑非笑地望著他，一臉幸災樂禍的模樣。

沈貞只笑了笑，銀簪往頭髮上一插，順手將樹枝取下來，手指把玩著樹枝，眼睛卻打量著葉曉嵐，從頭打量到腳，又從腳打量到頭，才緩緩道：「閣下莫非就是江陵天羽堂的葉公子？」

秦官寶又已搶著道：「不錯，正是他，不過，江湖上卻都稱他為『神手』葉曉嵐。」

沈貞道：「葉公子手法神奇，果然名不虛傳。」

葉曉嵐灑脫笑道：「雕蟲小技，貽笑大方。失禮之處，還請沈姑娘多多包涵。」

沈貞忽然詭異的一笑，道：「葉公子不必客氣，我和海州的嚴四小姐是至交，說起來我們也算是自己人，你說是不是？」

葉曉嵐一聽，臉上的笑容立刻不見了，舉止也大失常態，侷促不安地望著秦官寶，道：「你那該死的十三叔呢？」

秦官寶順口答道：「我那該死的十三叔……不不，我的意思是說，我十三叔好像還在城裡。」

沈貞在一旁「噗嗤」一笑。

葉曉嵐看也不敢看她一眼，回手一指道：「你胡叔叔就在前面村子的最後一家，你快帶沈姑娘去見他，我要到城裡去一趟。」

秦官寶道：「你要到城裡去幹什麼？」

葉曉嵐道：「我要找你十三叔去好好算一筆帳！」

說完，閃過秦官寶，匆匆而去，連招呼也沒跟沈貞打一個，看起來一點都不像自己人。

秦官寶望著他的背影，百思不解道：「奇怪，我十三叔又不欠他的，他去找我十三叔算什麼帳？」

沈貞笑道：「他找你十三叔算帳是假，找個藉口開溜倒是真的。」

秦官寶愕然道：「他為什麼開溜？」

沈貞道：「因為他怕我。」

秦官寶道：「他為什麼怕妳？」

沈貞道：「因為我是嚴四小姐的朋友。」

秦官寶更加不解道：「那麼他又為什麼怕嚴四小姐呢？」

沈貞笑笑道：「因為嚴四小姐就是他那位未過門的老婆，現在你明白了吧？」

秦官寶恍然大悟道：「難怪他落荒而逃，原來是怕妳抓他回去。」

沈貞道：「我才沒有心情管別人閒事，我現在唯一要做的，就是儘快見到胡師伯。」

秦官寶頭一擺，道：「走！我帶妳去找他。」

三

沈貞勒馬村前，眺望著那條可以一眼看到底的街道，臉上充滿了迷惑的神色。

街上沒有行人，也沒有玩耍的孩童，甚至連一條狗都沒有。戶戶院門緊閉，家家的煙囪彷彿都已封閉，已近申牌時分，依然不見一縷炊煙。整個村子如同死水般的寂靜，靜得令人顫懼。

街上唯一活動的是一塊正在風中飄擺的酒簾兒，但那間酒店的店門，卻也關得沒有一絲縫隙，顯然是打烊得過於匆忙，忘記將酒簾兒收進去。

沈貞愈看愈心驚，忽然用臂肘觸了秦官寶一下，道：「只怕胡師伯有麻煩了。」

秦官寶道：「沒有血腥氣，只有傷藥的味道，麻煩好像還沒開始。」

沈貞道：「傷藥？莫非胡師伯負了傷？」

秦官寶斜著眼睛想了想，道：「八成是玉流星。」

沈貞冷哼一聲，恨恨道：「如果是那女賊，傷得愈重愈好，最好乾脆死掉算了。」

秦官寶「吃吃」笑道：「妳又不是妳師父，亂吃哪門子的醋？」

沈貞回首瞪了他一眼，道：「你眼力好，看看村尾那戶人家有沒有異樣？」

秦官寶立刻瞇起眼睛看了一陣，道：「咦！煙囪裡好像開始冒煙了。」

沈貞道：「那就證明胡師伯還沒落在對方手裡，你坐穩了，我們衝過去瞧瞧。」

秦官寶忙道：「何不打村外繞一繞？」

沈貞道：「如果有人攔截，繞得再遠，他也不會放過我們，何必多此一舉？」

秦官寶道：「嗯，有道理。」

沈貞道：「何況在這種時候，絕對不能示弱，非給他們一個下馬威不可。」說罷，雙腿一夾，縱韁直向村內馳去。

寂靜的街道上，忽然出現了四個人。

四個身著灰衣、手持利劍的彪形大漢，並排阻住沈貞的去路。

沈貞冷笑一聲，道：「原是大風堂的人馬。」

秦官寶急忙道：「當心！這群傢伙厲害得很。」

沈貞又是一聲冷笑，挺槍催馬，飛快地衝向那四個人。

那四人猶如四座小山，動也不動，直待沈騎已衝到面前，才同時騰身揮劍，疾撲而上。

沈貞一聲嬌喝，頓馬挑槍。其中兩名大漢尚未接近，便被挑得斜飛出去。另外兩人略一遲疑，彼此交換過眼色，一前一後，又分兩路同時攻到。

沈貞陡然轉首回槍，腰身靈蛇般繞過身後的秦官寶，槍尖向後一抖，慘叫聲中，第三名大漢也已滾向街邊。

這時最後那人的劍鋒已經刺到，眼看沈貞已避無可避，但那匹黑馬卻像有靈性一般，突然後蹄蹶起，剛好閃過那大漢一劍，卻意外的將秦官寶彈了起來。

沈貞趁勢出槍，槍身猛的一撥，最後那人吭也沒吭一聲，便也當場栽倒。

秦官寶身在半空，大呼「倒楣」，咬緊牙關，準備再摔一次。

誰知就在他身體即將著地那一瞬間，沈貞的槍桿適時趕到，秦官寶只覺得腰間被她輕輕一挑，身子重又彈起，凌空打了個轉，正好落回馬背上，無論時間，力道，都用得恰到好處，連馬匹的動作都配合得天衣無縫。

秦官寶整個楞住了，他還真沒想到沈貞的槍法竟然如此玄妙。

就在這時，前面已傳來了喝采之聲。

兩人抬眼一瞧，才發現去路又已被人阻住。

這次不是四個，看上去至少也有四十個。

每個人的打扮均與躺在地上的四人一模一樣，灰色的勁裝，漆黑的劍，雄赳赳氣昂昂的排成一列，宛如一道鋼鐵鑄成的牆。

其中只有一個人與眾不同，他年紀雖不過三十上下，氣派卻大得出奇，竟然大馬金刀的坐在人牆正中，以劍做杖，拄在身前，神態十分狂

傲，顯然是這批人的首腦人物。

方才喝采的也正是此人。

沈貞遠遠打量著他，冷冷道：「瞧閣下這副神氣活現的模樣，莫非是大風堂少總舵主駕到？」

那人也不以為忤，哈哈一笑道：「不敢，在下正是莊雲龍。」

沈貞眼睛一瞪，道：「我問你，你一再攔住我的去路，究竟是何居心？」

莊雲龍緩緩道：「在下也正想請教姑娘，妳連殺我四名手下，又是什麼居心？」

沈貞冷笑，笑容裡充滿了譏誚的味道，道：「少總舵主，你看走眼了。你那四名手下只是被我挑中穴道而已，保證一個都死不了。」

莊雲龍半信半疑的朝那四人望去。

這時早有人過去解開四人穴道，那四人相繼而起，果然毫髮無傷。

莊雲龍不禁動容道：「難怪這兩年妳姐妹在江湖上名噪一時，原來果真有點名堂！」

沈貞傲然不語。

莊雲龍道：「以姑娘的槍法而論，當是令師門下數一數二的人物，不知姑娘是姓李，還是姓沈？」

沈貞道：「來的若是李師姐，早就殺得你們片甲不留，還容得你們在這兒橫行霸道？」

莊雲龍又是哈哈一笑，道：「妳既是沈姑娘，那就再好不過。聽說妳在貴同門中騎術最精，坐騎又是日行千里的良駒，妳不妨趕快去稟報令師一聲，就說浪子胡歡已由我大風堂負責保護，教她不必擔心。」

沈貞沉默一陣，道：「你們的膽子倒也不小，在神刀侯腳下，也敢公然劫人？」

莊雲龍笑笑道：「神刀侯早被神衛營的人馬嚇破了膽，哪裡還顧得了其他的事？」

沈貞道：「你們大風堂呢？難道一點都不怕？」

莊雲龍悠然道：「神衛營針對的是侯府，我們大風堂怕什麼？」

沈貞突然冷冷一笑，道：「少總舵主，這次你們恐怕失算了。如果神衛營的目的只是侯府，他們早就來了，何必等到今天？」

莊雲龍淡淡道：「以前沒有這批黃金，神衛營還可以忍，現在一舉可收雙重效果，他們斷然出動，也是理所當然的事，又何足為奇？」

沈貞也淡然道：「他們所收到的效果，只怕不止雙重，而是三重。」

莊雲龍想了想，道：「不錯，南宮胡家的後人，在申公泰眼中，可能比黃金更重要。」

沈貞立刻道：「所以我奉勸閣下還是趕緊回去吧！你們一旦劫走我胡師伯，馬上就會變成神衛營追逐的對象，你們這樣做，划算嗎？」

莊雲龍道：「誰說我們要把他劫走？我們只是在這裡保護他，直到侯府與神衛營雙方分出勝負為止。」

沈貞笑笑道：「閣下的算盤打得是不壞，可惜你太低估了金玉堂，像他那種人，會讓你們大風堂收漁翁之利嗎？」

莊雲龍冷笑道：「他『神機妙算』再神，在神衛營的壓力下，又能將我奈何？」

沈貞忽然笑了笑，道：「我們無意中獲得一個小秘密，不知閣下有沒有興趣聽？」

莊雲龍道：「我在聽。」

沈貞道：「昨天夜裡，金玉堂突然把侯府所有的高手全都派了出去。你猜他們去幹什麼？」

莊雲龍道：「自然是去迎擊神衛營的人。」

沈貞道：「計算時間，雙方相遇的地點，剛好在貴總舵所在地的開封附近，不知閣下作何感想？」

莊雲龍依舊面不改色，淡然道：「還好我們早有萬全的準備，任他們殺得天翻地覆，我們也絕不出一兵一卒。」

沈貞急得臉都紅了，突然道：「還有一件事，只怕你沒有計算到。」

莊雲龍道：「什麼事？」

沈貞道：「我胡師伯也不是一個簡單人物，憑你們幾十個人，看得住他嗎？」

莊雲龍神秘一笑，道：「沈姑娘，我也告訴妳一個小秘密，我們不是幾十個，而是三百九十六個。莫說他想開溜，就是想離開那個院子，只怕

也比登天還難。」

沈貞傻眼了。

就在這時，旁邊響起了一聲輕咳，一扇院門呀然而開，一個農家打扮的人慢吞吞地走出來，經過兩人面前，還笑眯眯地直打招呼。

秦官寶急忙下馬，輕聲道：「他就是胡叔叔。」

只見胡歡緩緩走到莊雲龍面前，將衣服打理一番，突然一躬到地，道：「在下胡歡，見過少總舵主。」

莊雲龍看看那扇門，又看看胡歡，半晌才勉強地點了點頭。

胡歡好像對他的答禮很不滿意，依然彎著身，只翻著眼睛望著他，道：「在下出身低，見識少，從來沒有拜會過大人物，不知是應該跪著還是站著？請少總舵主明示！」

此言一出，在場的人全都楞住。

莊雲龍更是整個僵持在那裡，臉孔紅一陣白一陣，僵了很久，才突然把劍往身後一扔，哈哈大笑地站起來，道：「胡兄，真有你的，初次見面就開了我一個玩笑，我算服了你！」

說完，拖著胡歡便走。

胡歡也居然將手搭在莊雲龍的肩膀上，那副勾肩搭背的模樣，就像多年的老友一般。

兩人邊走邊聊，有說有笑，經過沈貞身邊時，一旁的秦官寶耳朵忽然動了動，駭然叫道：「胡叔叔小心！他懷裡揣著歹毒的暗器。」

胡歡一怔，道：「什麼歹毒的暗器？」

秦官寶抓著腦袋，遲遲疑疑道：「好像是傳說中的『暴雨梨花釘』！」

胡歡強笑道：「小孩子，不要胡說八道！」

秦官寶急道：「胡叔叔，你一定要相信我，我的耳朵絕對不會聽錯。」

莊雲龍霍然變色道：「這位小朋友是誰？」

胡歡道：「秦十三的侄兒，秦官寶。」

莊雲龍頓足嘆道：「可惜是保定秦家的子弟，否則倒也真是個人才。」

這時秦官寶和沈貞早已躲在馬後，目光中充滿敵視的味道。

胡歡卻打著哈哈道：「如果我有這種東西，我也會帶來，跟金玉堂這種人打交道，不帶點護身保命的東西，成嗎？」

莊雲龍立刻道：「胡兄說得對極了。在下帶著這種東西，就是對付那個王八蛋的，準備一言不合，就先把他幹掉再說。」說著，還狠狠地在腰間拍了一下。

胡歡頓時嚇了一跳，道：「少總舵主當心，這種東西可千萬亂拍不得！」

莊雲龍也不免面露驚慌，過了很久才鬆了口氣，猛一跺腳道：「姓金的那個王八蛋實在太壞了！幸好我們早有防備，否則又著了他的道兒。」

胡歡忽然沉吟著道：「如果貴幫只想按兵不動，恐非上上之策。」

莊雲龍怔怔道：「胡兄的意思是……」

胡歡道：「我想金玉堂的目的絕非轉移戰場，而是想暗施手腳，非將貴幫拖下水不可。」

莊雲龍驚道：「你是說他想嫁禍給我們？」

胡歡道：「不錯。」

他淡淡地笑了笑，繼續道：「申公泰生性多疑，只要他的手下出了毛病，到時候你說不是你們幹的，你想他會相信嗎？」
莊雲龍搖頭。
胡歡不徐不急道：「所以我認為，最好還是乘機將神衛營的實力消滅一部分，只把幾個硬點子放過來，讓神刀侯傷傷腦筋也就夠了。」
莊雲龍冷笑道：「豈止是傷傷腦筋！以神刀侯目前的年齡和體能，只怕已非申公泰的敵手，說不定連老命都要丟在那批人手上。」
胡歡立即道：「總之，無論雙方勝敗如何，將來談起生意，對貴幫都百利而無一害。」
莊雲龍微微楞了一下，道：「談什麼生意？」
胡歡笑道：「當然是那批黃金。」
莊雲龍嘆道：「胡兄，老實告訴你，我們也曾經盤算過，縱然真的找到那批黃金，分到我們手裡也有限得很，顯然並不是一件很划算的生意，所以當初在日月會手上，我們連想都不去想，可是侯府一旦插手，情況就不同了，我們寧願大家不要，也絕對不能讓他們獨吞。」
胡歡恍然道：「原來少總舵主是衝著侯府來的！」

莊雲龍道：「正是。」

胡歡哈哈一笑道：「既然如此，那就再好不過了，過去我還擔心金子找到之後，會被金玉堂吃掉，如今有你大風堂替我撐腰，事情就好辦多了。」

莊雲龍冷笑道：「到時候你只管敞開喉嚨跟他去談，談不攏，我們就硬幹。」

胡歡忽然沉吟著道：「如果在萬不得已的情況下，這批東西非還給日月會不可，不知貴幫會採取什麼對策。」

莊雲龍毫不遲疑道：「只要胡兄有這分雅量，我大風堂絕對沒話說。」

胡歡道：「好，少總舵主請回駕吧。我胡某敢以人頭向你擔保，縱然你大風堂不出一兵一卒，我也不會讓你們比侯府少拿一兩！」

莊雲龍凝視胡歡良久，方道：「胡兄，你我雖是初交，我卻絕對相信你，只希望你千萬不能叫我在大風堂裡下不了臺。」

胡歡正色道：「少總舵主只管放心，我胡歡不是個笨蛋，像閣下這種朋友，我是萬萬不敢得罪的，否則今後幾十年，我還能在江湖上走動嗎？」

莊雲龍立刻伸出手掌。

胡歡也將手掌伸出，兩人鄭重地擊了三下。

沈貞、秦官寶同時鬆了口氣，目光中也不禁對胡歡流露出敬佩的神色。

四

大風堂的人馬終於浩浩蕩蕩而去。

院落中寧靜如故。

柴房的門依然開著，車輪仍在不停地轉動。

沈貞和秦官寶緊隨胡歡走進院中，乍見這種景象，頓時被驚呆了。

過了很久，秦官寶才喃喃道：「難怪他們找不到這輛牛車，原來藏在這裡！」

沈貞迷惑道：「這是怎麼搬進去的？」

秦官寶笑瞇瞇道：「當然是小葉叔叔的傑作。」

胡歡忽然道：「咦，你小葉叔叔呢？」

秦官寶嘴巴一歪，道：「被沈姑娘嚇跑了。」

胡歡渾然不解地望著沈貞。

沈貞忙道：「其實我也沒說什麼，只告訴他，我是嚴四小姐的朋友而已。」
胡歡恍然失笑道：「原來是妳無意中踩到了他的痛腳。」
沈貞道：「侄女愚昧，還請師伯不要見怪。」
胡歡眉頭一皺道：「不敢，不敢。」稍許沉吟了一下，道：「沈姑娘，我們來個約法三章如何？」
沈貞畢恭畢敬道：「請師伯吩咐。」
胡歡道：「第一，我希望妳不要再叫我師伯，我實在擔當不起。」
沈貞為難道：「不叫您師伯，叫您什麼？」
胡歡道：「隨便妳叫我什麼都成，不過我比妳年紀大得多，妳可不能討我便宜。」
秦官寶聽得「嗤」地一笑。
沈貞卻咬著嘴唇想了半晌，斷然搖頭道：「不，我還是稱您師伯的好。」
胡歡嘆了口氣道：「好吧，隨妳。」
沈貞道：「第二件呢？」

胡歡道：「妳在我面前，千萬不可一副畢恭畢敬的模樣，這樣我會覺得渾身都不自在。」

秦官寶立刻道：「對，對，胡叔叔這個人一向不拘小節，太拘束反而顯得生分。」

沈貞又咬著嘴唇想了半晌，又是猛一搖頭，道：「不，尊卑有序，無論如何，我總不能失了禮數。」

秦官寶已先雙手一攤，作了個愛莫能助的表情。

胡歡無可奈何道：「好吧，也隨妳。」

沈貞眼睛一眨一眨道：「那麼第三件呢？」

胡歡愁眉苦臉道：「我要先向妳說明一下，這次外間的風言風語，跟我毫無關係，我對令師一向十分敬重，絕無冒犯她的意思，如果將來發現我不是她要找的人，妳們可不能怪我，萬一妳們姐妹同時找起我麻煩來，我可實在吃不消。」

沈貞又把嘴唇緊緊咬住，斜著眸子想了又想，忽然道：「不可能，您一定是我師父要找的人，我一看就知道，絕對錯不了。」

秦官寶也幫腔道：「對，對，我也愈來愈有這種感覺。」

胡歡橫目叱道：「這種事要有憑有證，怎麼可以靠感覺！」

沈貞一聽，急忙朝秦官寶連遞眼色。

秦官寶往前湊了湊，笑嘻嘻道：「胡叔叔，能不能請示你一個小問題？」

胡歡道：「什麼事？你說！」

秦官寶瞇著眼睛，輕聲試探道：「你身上有沒有一塊玉珮？」

胡歡也輕聲道：「什麼玉珮？」

秦官寶道：「大概有核桃般大小，上面好像還刻著幾個字。」

胡歡道：「是不是上面刻著『珠聯璧合』四個字的那一塊？」

秦官寶扭頭望著沈貞。

沈貞遲遲疑疑地點了點頭。

秦官寶卻猛的把頭一點，道：「對，一定是那一塊，絕對沒錯。」

胡歡莫名其妙道：「你問這事幹什麼？」

秦官寶笑得合不攏嘴道：「可否請胡叔叔借給我們看一看？」

胡歡道：「你在開什麼玩笑！那塊玉當初為了救你十三叔早就賣掉了。」

沈貞尖叫道：「賣掉了？」

胡歡道：「嗯。」

秦官寶跌足嘆息道：「唉！那種東西，你怎麼可以隨便賣掉？」

胡歡眼睛翻了翻，道：「為什麼不能賣？那是我堂堂正正從西安陶四賭坊裡贏來的，又不是黑貨，我要賣，誰管得著？」

秦官寶一呆，道：「原來你是賭錢贏來的！」

胡歡道：「是啊！」

沈貞急忙道：「不是家師給您的信物？」

胡歡道：「什麼信物？」

沈貞比手劃腳道：「就是……就是……」

胡歡哈哈大笑道：「我若是有那種東西，早已把她娶回來，何必等到今天？」說罷，轉身走進屋中。

誰知一進門就吃了一驚，緊隨而入的沈貞和秦官寶也同時楞在門口。

五

玉流星依舊躺在床上。

屋中卻意外的多出兩個人，一個是正在床邊替玉流星把脈的侯府孫管事，另一個便是面含微笑的「神機妙算」金玉堂。

胡歡驚魂乍定，強笑道：「金總管的腦筋快，腿好像也不慢。」

金玉堂哈哈一笑，道：「在下的腳程比不上玉流星，腦筋也遠不及胡老弟，三言兩語便將大風堂的人馬擋回去，僅僅這分機智，已足可轟動武林。在這方面，金某差得太遠了。」

說完，又是一陣大笑。

胡歡想到方才與莊雲龍的對話，不禁汗顏。

沈貞與秦官寶卻笑口大開，稱讚胡歡似乎比稱讚他們本身還來得開心。

為玉流星把脈的孫管事，這時卻站起來，道：「只可惜閣下的醫道卻讓人不敢恭維，幸虧我們及時趕到，否則玉流星便是不死，也得脫層皮。」

胡歡一怔，道：「先生的意思是……」

孫管事道：「玉流星的傷勢並不太重，你應該先逼風寒，再補元氣，等她完全復原之後再治外傷也不遲，而閣下卻本末倒置，你想她能吃得消嗎？」

玉流星此刻果然面色通紅，氣息粗濁，顯然已入昏迷狀態。

胡歡急忙拱手道：「先生高見，胡某承教了。」

他一面說著，一面悄悄打量著孫管事，道：「還沒請教先生高姓大名？」

秦官寶又已嚷道：「他便是侯府的內務孫管事。」

孫管事淡淡一笑，道：「在下孫不群。」

胡歡聳然叫道：「『毒手郎中』孫不群！」

孫管事道：「正是區區。」

此言一出，非但胡歡驚絕，連身後的沈貞和秦官寶都身不由己地往後

縮了一步。

只因毒手郎中在武林中是個極為難纏的人物，此人不僅醫道高明，用毒之精，幾可與蜀中唐門的高手抗衡，據說他走過的路，三年之內都會寸草不生，而現在他卻忽然出現在此地，而且居然變成了侯府一名小小的管事！

三人既驚異，又迷惑，呆呆地望著孫不群，半晌沒說出一句話來。

金玉堂哈哈大笑，道：「三位不必驚慌，這幾年孫兄已絕少用毒，否則三位還能站在這裡嗎？」

沈貞和秦官寶立刻鬆了口氣，胡歡卻心神不定道：「你們該不會在大風堂那批人身上動了手動吧？」

金玉堂道：「人，是一個都沒動。」

胡歡忙道：「馬呢？」

金玉堂悠悠道：「也沒什麼，只不過今天他們是休想渡江了。」

胡歡跌足嘆道：「這種時候，大家應該同心協力，先將大敵除掉才是上策，何苦再勾心鬥角，徒增彼此間的仇恨！」

金玉堂道：「胡老弟的意思，是否想讓我放他們一馬？」

胡歡道：「正有此意，不知金總管能否賞在下一個面子？」

金玉堂二話不說，只將手輕輕拍了一下。

胡歡頓覺冷風撲背，急忙往一旁一讓，「快腿」陳平已笑嘻嘻站在他身邊。

金玉堂看都沒看他一眼，卻笑視著沈貞，道：「此事侯府已不便出面，可否請沈姑娘辛苦一趟？」

沈貞睬也不睬他，只默默地望著胡歡，顯然是在等他開口。

胡歡無可奈何道：「不知沈姑娘肯不肯賞我一個薄面？」

沈貞立刻道：「一切但憑師伯吩咐。」

金玉堂滿意地一笑，這才向陳平道：「傳令下去，著楊管事即刻準備一百三十六匹健馬，日落之前趕到江邊，面交沈姑娘處理，不得有誤。」

話沒說完，人影一晃，陳平已衝出門外。

胡歡急急道：「大風堂來的不是三百九十六個人嗎？」

金玉堂冷笑道：「莊家父子最會虛張聲勢，胡老弟千萬莫被他們唬住。」

胡歡搖頭苦笑。

沈貞一旁遲疑著道：「事成之後，侄女是否仍在此地與師伯碰面？」

胡歡沉吟片刻，道：「依我看，姑娘最好順路迎上令師，叫她趕緊回去。以她目前的處境，這場是非是萬萬沾不得的。」

沈貞一聽，臉孔立刻拉了下來，看看床上的玉流星，又看看胡歡，那副表情，要多不開心，就有多不開心。

胡歡乾咳兩聲，道：「姑娘只管把我的意思轉給令師，至少也可以給她作個參考。」

沈貞呆立良久，才勉強施了一禮，心不甘情不願地走了出去。

金玉堂哈哈大笑道：「看樣子，大風堂那批人又有得臉色瞧了。」

胡歡苦笑道：「金總管還有什麼差遣？」

金玉堂忙道：「差遣可不敢，金某倒有個建議，不知胡老弟肯不肯聽？」

胡歡道：「金總管不妨先說說看，只要不太離譜，在下自當照辦。」

金玉堂道：「玉流星病情雖不甚嚴重，卻也拖延不得，為了便於照顧，我認為胡老弟還是儘快帶她搬回城裡的好。」

孫不群一旁附和道：「總管說的對極了。像玉流星這種病情，如能安心調理，三五日當可痊癒，但住在此地，既不方便又不安全，縱想派人保護，只怕也不是一件容易的事。」

金玉堂笑笑道：「所以我建議胡老弟還莫如乾脆搬到侯府算了，既方便又安全，而且保證不會有人打擾你。」

胡歡笑而不答，心裡卻在盤算。

金玉堂繼續道：「更何況住在侯府，玉流星也比較容易安排。試想汪大小姐一到，你床上睡著個別的女人，就算汪大小姐不講話，她那群徒弟們的臉色，你受得了嗎？」

胡歡雖然沒作任何表示，臉上的笑容卻不見了。身後的秦官寶卻在替他不停地搖頭。

第九回　神刀侯府

一

胡歡終於進了侯府。

這消息很快便在城裡傳開來，茶樓酒館幾乎都在談論著這件事。

有的說胡歡是落入金玉堂的陷阱，硬被架進侯府；也有的說雙方已談妥了條件；更有人說胡歡是被日月會給出賣了。

總之無論什麼理由，在武林人物眼中都猶如羊入虎口，個個大失所望。

尤其是日月會的潘秋貴就像被金玉堂狠狠地踢了一腳，有苦沒處訴。

他並不在乎外間怎麼說，只擔心無法向總舵交代。

其中只有一個人最開心，便是浪子胡歡最好的朋友——勾魂秦十三。

×　×　×

夜深人靜。

秦十三酒意盎然，步履蹣跚的從水蜜桃的賭場走出來，嘴裡哼著京裡正在流行的京韻大鼓，神態逍遙極了。

走到轉角處，他索性敞開喉嚨唱了起來，邊唱邊比劃，居然把大街當成了舞臺，一段《楊志賣刀》，竟也唱得有板有眼，工架十足。

唱到緊張的地方，「鏘」的一聲，寶刀出鞘，正待一刀劈出，陡然連退數步，唱做俱停，酒意也頓時醒了一半。

淡淡的月色下，只見金玉堂正站在街心，負手含笑的望著他。

假如方才那一刀真的劈出去，就剛好劈在金玉堂的腦袋上。

秦十三猶有餘悸的舉著刀楞了半晌，才口齒不清道：「喲！這不是金總管嗎？」

金玉堂悠然笑道：「黃金眼看就要到手，秦頭兒何必賣刀？」

秦十三連忙收刀，東插西插，總算讓他插回刀鞘，搖搖晃晃地把大拇指一挑，笑哈哈道：「金總管，你真高！」

金玉堂忙道：「秦頭兒客氣了。我這兩口，比你可差遠了。」

秦十三道：「我指的不是嗓子，是下午那件事。」

他打了個酒嗝，繼續道：「幸虧是你親自出馬，換了別人，想把那頭小狐狸騙回來還真不容易。」

金玉堂立刻道：「不是騙，是請。」

秦十三歪嘴笑道：「好吧，是請。現在人已被你請到，以後可不關我的事了。」

說完，又搖搖晃晃地往前走去，嘴裡也又開始哼了起來。

金玉堂一把將他拖住，道：「且慢，你現在還不能撒手！」

秦十三回首道：「金總管還有什麼吩咐？」

金玉堂忙道：「吩咐可不敢，我只想向你打聽一件事。」

秦十三道：「什麼事？你說！」

金玉堂道：「聽說當年汪家曾經交給胡家一個玉珮當作信物，你可曾聽他談起過？」

秦十三道：「聽誰談起過？」

金玉堂道：「當然是浪子胡歡。」

秦十三歪嘴笑道：「你在開什麼玩笑！我們只是在逼他演戲，你怎麼自己當真起來？」

金玉堂一怔，道：「連你都不相信他是南宮胡家的後人？」

秦十三「吃吃」笑著，反問道：「你相信嗎？」

金玉堂苦笑道：「好在你我相不相信都無關緊要，只要使汪大小姐相信就成。」

秦十三把頭一點，道：「對。」

金玉堂道：「所以那塊玉珮就變成了關鍵問題。」

秦十三搖頭晃腦道：「金總管，你多慮了。依我看，汪大小姐根本就不會在乎他有沒有信物。」

金玉堂道：「何以見得？」

秦十三道：「如果她真的在乎，自會先派人調查清楚，何必親自趕來？」

金玉堂道：「那是因為她要親自查證一下，因為那塊玉上刻的是什麼字，除了她之外，沒有任何人知道。」

秦十三道：「什麼字？」

金玉堂道：「我若知道，又何必來找你？」

秦十三搔首抓腮道：「我好像也不知道。」

金玉堂笑笑道：「所以事情並不像你想像的那麼簡單。」

秦十三抱著腦袋想了半晌，忽然道：「也並不像你想像的那麼困難。」

金玉堂道：「哦？你又有什麼高見？」

秦十三道：「胡家滅門已是二十幾年前的事，那時汪大小姐要找的人年紀尚小，只怕連自己的名字都認不得，誰又規定他非記得那幾個字不可？」

金玉堂道：「你的話是很有道理。我只擔心我們手上沒有東西，到時浪子胡歡萬一沒有膽子點頭，那就糟了。」

秦十三道：「你放心，他也絕對不會搖頭。」

金玉堂又是一怔，道：「何以見得？」

秦十三擠眉弄眼道：「你沒見他為了個玉流星便已神魂顛倒，連命都不要了，那汪大小姐長得花容月貌，美艷無雙，比玉流星可高明多了。只要一見面，保證那小子連骨頭都酥掉了，他還捨得朝外推嗎？」說罷，得意得哈哈大笑。

金玉堂卻忽然把眉頭皺了起來。

秦十三慢慢止住笑聲，詫異道：「怎麼？難道還有問題？」

金玉堂道：「問題可大了，但不知是你的，還是我的？」

秦十三一聽，神情不由一變，豎起耳朵聽了聽，道：「哇，人數好像還不少！」

金玉堂道：「嗯，少說也有四五十。」

只聽遠處有人冷冷道：「錯了，是七八十。」

說話間，但見星火閃動，七八十盞燈籠同時亮起，飛也似地擁向兩人，頓時將黑暗的街心照得通明。

燈火照射下，七八十人一色深灰勁裝，腳上穿的卻都是金色的長靴，看上去雖然不倫不類，卻使人觸目驚心。

金玉堂神色一凜，道：「原來是錦衣樓的朋友駕到，失敬，失敬。」

秦十三「嘿嘿」冷笑道：「這些人膽子倒也不小，居然敢到崇陽來撒野？」

金玉堂道：「這就叫來者不善，善者不來。他們既然敢來，想必已有萬全的準備。」

立刻有個錦袍老者排眾而出，陰森森道：「金總管說得不錯，沒有一點準備，我們是絕對不敢擅闖貴寶地的。」

那老者神情威猛，目光精閃，說起話來中氣十足，一看即知絕非等閒之輩。

金玉堂打量他一陣，駭然道：「閣下莫非是錦衣第七樓的盛樓主？」

錦袍老者緩緩道：「老夫正是盛雲鵬。」

金玉堂聽得心中暗驚不已。

秦十三卻像沒事人兒一般，醉眼惺忪地瞄著盛雲鵬，道：「聽說閣下號稱『鐵掌無敵』，不知你那雙鐵掌是否真的無敵？」

此言一出，當場的氣氛頓時緊張起來。

盛雲鵬橫視他片刻，卻忽然笑笑道：「那是江湖朋友的抬愛，秦頭兒大可不必當真。」

金玉堂不禁捏了把冷汗，生怕他再胡言亂語、節外生枝，急忙道：「樓主深夜率眾而來，不知有何指教？」

盛雲鵬道：「不敢，我們只是來向金總管商量一件事。」

秦十三一旁道：「原來他們是來找你的，你小心應付吧！」

金玉堂果然小小心心道：「樓主有何吩咐，儘管直說，只要金某力所能及，一定遵辦。」

盛雲鵬淡淡道：「其實也沒什麼，我們只想請金總管把浪子胡歡還給我們。」

秦十三又已在一旁怪叫道：「還給你們？聽起來倒好像浪子胡歡是你們的人一樣！」

盛雲鵬厲聲道：「不錯，那姓胡的正是五龍會從我們手中劫走的，這件事，金總管想必知道得很清楚。」

秦十三道：「你開什麼玩笑！浪子胡歡分明是今天下午才從大風堂手裡搶救回來的，跟五龍會有什麼關係？」

金玉堂立刻道：「不論他是從誰手裡救回來的，現在已是我侯府的貴賓，莫說我金某不能把他交給你們，便是我家侯爺也不能這麼做。」
秦十三道：「就算他們肯交人，我秦十三也絕不答應。」
盛雲鵬獰笑道：「好，好，既然如此，只好請金總管隨我們回去一趟，也好讓我跟上面有個交代。」
金玉堂不免又暗吃一驚，表面上卻不慌不忙道：「樓主的意思，莫非想把金某綁架回去？」
盛雲鵬道：「正是。」
秦十三頓時暴跳如雷道：「大膽！你們竟敢公然在我面前擄人，你們眼中還有王法嗎？」
盛雲鵬冷笑道：「老夫一向只知奉幫命行事，從不知王法為何物。」
秦十三哇哇大叫道：「反了反了！你們這批人簡直反了！」陡然回身大喊道：「來人哪！把那批反賊通通給我抓起來！」
只聽四周諾聲雷動，震耳欲聾，少說也有兩三百人，非但把錦衣樓諸人驚得個個面無人色，連秦十三本人都嚇得差點當場栽倒。
他平日耀武揚威已成習慣，這些話也不過是藉著幾分酒意隨口喊喊，

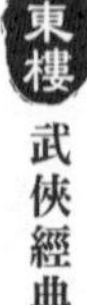

做夢也沒想到竟喊出這許多人來。

正在驚惶莫名之際，金玉堂已哈哈大笑道：「盛樓主未免太藐視我侯府了！侯府在武林中雖非名幫大派，卻也不是無名門第，如果在崇陽地面都無力自保，我們還能在江湖上立足嗎？」

盛雲鵬目光閃動，陡將手臂一抬，七八十人同時亮出兵刃，齊向金玉堂湧了過來。

就在這時，只聽「嗖嗖」連聲，三支紅羽箭分從三個方向射到，先後落在盛雲鵬腳前，入地盈尺，勁道威猛無比。

錦衣樓眾人同時被鎮住，連秦十三都不由自主地朝後縮了兩步。

金玉堂卻負手悠然道：「金某實在不願錦衣樓折翼崇陽，更不想跟盛樓主過不去，只希望閣下也能忍一忍，切莫因一時之衝動，而傷了彼此之間的和氣。」

盛雲鵬呆立良久，霍然冷冷一笑，道：「好，今天我們就到此為止。我勸你今後最好永遠窩在崇陽，千萬不要在江湖上走動。只要你給我抓到機會，我是絕對不會輕易饒過你的。」

金玉堂淡淡一笑道：「多謝盛樓主提醒，金某自會格外小心。」

盛雲鵬又是一陣冷笑，猛將手臂一揮，喝了聲：「退！」率先奔進一條暗巷，眾人尾隨魚貫而入，轉瞬間已走得一個不剩。

二

明亮的街心頓時暗了下來，劍拔弩張的情勢也隨之消失於無形。

金玉堂長長透了一口氣，輕鬆笑道：「幸虧秦頭兒早有防備，否則今天這個觔斗可栽大了。」

秦十三一怔，道：「你說什麼？」

金玉堂環顧四周，道：「這些人不是你帶來的嗎？」

秦十三道：「你是喝醉了，還是在風涼我？我手下一共有多少人，難道你還不清楚？」

金玉堂也不禁一怔，道：「咦！不是你的人，何以會聽你的號令行事？」

秦十三道：「我看你一副胸有成竹的樣子，還以為是你事先安排好的呢。」

金玉堂搖頭道：「不是我。」

秦十三道：「不是你是誰？在崇陽，除了侯府之外，還有誰能調動這許多人？」

金玉堂道：「有。」

秦十三道：「誰？」

金玉堂道：「潘秋貴。」

話剛說完，果見潘秋貴大搖大擺地走上來，笑哈哈道：「在下一時興起，替二位充充場面，濫竽充數，尚請二位莫要見笑。」

金玉堂微微拱手道：「承情，承情。」

秦十三瞇著眼睛瞧了他半晌，道：「你出動這許多人，莫非也想把金總管架走？」

潘秋貴乾咳兩聲，道：「不敢，不敢，這種當街擄人的勾當，在下是萬萬不敢幹的。」

秦十三又道：「難道你也想叫他把浪子胡歡還給你？」

潘秋貴笑笑道：「不敢，不敢。胡老弟是你秦頭兒的好朋友，要討人也該由你秦頭兒出面，這種喧賓奪主的事，在下也是萬萬不敢幹的。」

秦十三眼睛翻了半晌，道：「你這個也不敢幹，那個也不敢幹，試問你三更半夜率眾而出，究竟想幹什麼？」

潘秋貴笑哈哈地伸出兩個手指，道：「在下只想幹兩件事。」

秦十三道：「哪兩件？」

潘秋貴道：「第一件已經幹過了。」

秦十三道：「什麼事？」

潘秋貴道：「償還金總管的人情債，他替我趕走大風堂的人馬，我幫他擋住錦衣樓的偷襲，如今剛好兩不相欠。」

秦十三道：「哦哦，第二件呢？」

潘秋貴滿臉堆笑道：「想向金總管請教一件小事，一件無關痛癢的小事。」

秦十三「吃吃」笑視著金玉堂，道：「金總管，你的麻煩又來了。這次你可要特別小心應付，萬一出了毛病，我可救不了你。」

金玉堂淡淡道：「潘老闆有話請說，請教二字可不敢當。」

潘秋貴道：「其實也沒什麼大不了的事，在下只不過想問問胡老弟是怎麼走進侯府的，是他自願的，還是被你們押進去的？」

金玉堂臉色一寒，道：「按說潘老闆和浪子胡歡並無深交，不知何以對他如此關切？」

潘秋貴依然笑容滿面道：「在下和胡老弟雖無過命的交情，但無論如何，他總是我聚英客棧的客人，而且他懷裡那批東西又是日月會的，你想，我對他的處境能不特別關切嗎？」

金玉堂冷冷一笑，道：「說來說去，潘老闆的目的還是那批東西！」

潘秋貴道：「也可以這麼說。」

金玉堂道：「據我所知，那批東西本是無主之物，在誰手上就是誰的，也正因為如此，才會引起今天這種混亂局面，如果潘老闆硬說它是日月會的，金某實在不敢苟同。」

秦十三立刻道：「我也實在不敢同意。」

潘秋貴道：「如果胡老弟自願把那批東西送給我們呢？」

金玉堂道：「那就另當別論了。」

潘秋貴慨然一嘆道：「只可惜人在你們手裡，就算他想送，只怕也送不出手。」

秦十三道：「你可以等，浪子胡歡不會永遠留在侯府的。」

金玉堂道：「最多也不過三四天工夫，只要汪大小姐一到，我們想留只怕也留不住他。」

潘秋貴苦笑道：「問題是等他離開的時候，那批東西是否還在他身上？」

金玉堂道：「他的東西，當然會在他身上。」

潘秋貴難以置信道：「你們侯府難道對那批東西一點興趣都沒有？」

金玉堂道：「有，但浪子胡歡是自己人，我們總不能出手硬搶，就像當初那批東西在貴會關大俠手上的時候一樣。當時以命相搏的人不計其數，我侯府可曾出過一兵一卒？」

潘秋貴聽得哈哈一笑道：「既然如此，那就再好不過了。那批東西，我就姑且寄放在貴府，一切還請金總管多多勞神。」

金玉堂笑了笑，朝冷清清的四周掃了一眼，道：「現在，你總可以撤兵了吧？」

潘秋貴又是哈哈一笑，道：「早就撤走了，那些人是專門嚇唬外人的，我們自己朋友聊天，要他們何用？」

秦十三傾耳細聽片刻，道：「喲，這些人來得很快，走得好像也不慢。」

金玉堂道：「看來這兩天貴會倒也增添了不少高手！」

潘秋貴忙道：「有限，有限。」

停了停，又道：「不過，今天下午金總管外出的時候，城裡確實來了幾個硬點子。」

金玉堂一怔，道：「哦，都是些什麼人？」

潘秋貴道：「其他人倒好應付，最令人頭痛的是蜀中的唐四先生和丐幫總舵的人馬。」

金玉堂皺眉道：「丐幫居然也想插上一腳，這倒出人意外得很！」

潘秋貴道：「所以金總管最好還是趕緊回去，說不定這些人會來個夜闖侯府。」

金玉堂道：「我倒希望他們有膽子闖一闖，這樣也省了我不少麻煩。」

潘秋貴愕然地望著他，道：「金總管莫非早有防備？」

金玉堂只笑了笑，笑容卻比子夜的風還冷。

三

子夜。

胡歡擁枕高臥，好夢方酣。

他夢見春天的原野，清澈的溪流，溪旁小屋的炊煙，水中絢爛的晚霞，然後是數不盡的滿天繁星。

這就是他生長的地方。

突然，一列鐵騎衝過橫跨溪上的小橋，也衝破了他美好的童年。

隨之而起的是一片殺喊之聲。

× × ×

胡歡一驚而醒，抄劍滾落床邊。

窗外冷月當空，房裡爐火熊熊。

死一般的沉寂中，只有門栓在緩緩地移動。

胡歡彷彿忽然發現了一件有趣的事，悄悄地走到門邊，悄然將劍拔了出來。

房門呀然而開，聲音小得幾不可聞。

胡歡挺劍欲刺，半晌卻不見人進來。

過了很久，才聽門外有人細聲道：「胡叔叔，我是官寶，請你把劍收起來好嗎？」

胡歡突然失笑道：「你這個兔崽子，耳朵倒靈得不得了！」說話間，輕輕將劍還進鞘裡。

秦官寶這才躡足而入，順手把門拴好，不但行動無聲無息，手法也靈巧無比，看上去猶如一個專門穿窗越戶的老手一般。

胡歡不禁暗自讚嘆不已。

秦官寶湊到他身旁，神秘兮兮道：「不得了，不得了！天大的消息，你聽了必定會嚇呆。」

胡歡先是呆了呆，道：「是不是小葉又狠狠地贏了一票？」

秦官寶急急搖首道：「我根本沒有時間去找他，等把消息稟告胡叔叔之後，再去找他也不遲。」

胡歡道：「什麼消息？快說！」

秦官寶輕聲細語道：「方才金總管差一點就被錦衣樓的人給架走，只差一點點。」

胡歡動容道：「有這種事？」

秦官寶把頭一點，道：「嗯，幸虧聚英客棧的潘老闆帶著兩三百名手下埋伏在那裡，硬將那批傢伙嚇了回去。」

胡歡詫異道：「潘老闆事先如何得知錦衣樓的人要劫持金玉堂？」

秦官寶道：「事先好像也不知道，只是湊巧碰上而已。」

胡歡難以置信道：「湊巧埋伏了兩三百人在那裡，可能嗎？」

秦官寶敲著腦袋想了想，猛一跺腳道：「哎呀！不對呀！平白無故，他埋伏兩三百人在那兒幹什麼？」

胡歡沉吟著道：「說不定他的目的也跟錦衣樓那批人一樣。」

秦官寶道：「你是說潘老闆也想擄人？」

胡歡道：「有此可能。」

秦官寶恍然道：「難怪金總管一直冷冷淡淡，連一點感激他的意思都沒有，原來早就發覺了他的企圖。」

胡歡道：「結果如何？」

秦官寶道：「當時幸好我十三叔在場，金總管總算逃過一劫，不過，他也等於向潘老闆提出了保證，在你住在侯府這段期間，他絕對不會動你懷裡那批東西的腦筋，所以你可以安心在這兒住幾天了。」

胡歡笑笑道：「這就是你要告訴我的大消息？」

秦官寶笑嘻嘻道：「這只不過是幾句開場白，大消息尚未開始呢！」

胡歡也把聲音壓低，湊趣道：「那你就趕快開始吧，我已經有點等不及了。」

秦官寶顯得更加神秘道：「聽說今天下午城裡來了不少硬點子，其中最厲害的，莫過於蜀中唐門唐四先生和丐幫總舵來的兩批人，連金總管聽得都直皺眉頭，好像害怕得要命。」

胡歡聽得眉頭也不禁皺了起來。

秦官寶喘了口大氣，繼續道：「據潘老闆估計，這兩批人今夜極可能硬闖侯府。你最好不要睡著，這齣戲一定精彩得很，錯過了未免可惜。」

胡歡神色一緊，道：「現在是什麼時刻？」

秦官寶道：「三更敲過不久。」

胡歡凝視著他，道：「你來的時候，有沒有被人跟蹤？」

秦官寶立即道：「沒有，絕對沒有。」

他嘴上說著沒有，兩隻腳卻飛快地奔向窗口，將窗紙戳了個小洞，只朝外瞧了一眼便縮回頭來，臉色頓時變得十分難看，就像剛剛挨過幾個耳光一樣。

胡歡見他那副表情，就知道出了問題，也連忙把眼睛湊到窗紙的小洞上。

淒清的月光下，但見一個細高的黑人正挺立院中，一張臉蒼白得沒有一絲血色，看上去如同死人一般，頷下一撮山羊鬍鬚隨風亂擺，尖銳的目光，此刻正眨也不眨地逼視著胡歡偷窺的那扇窗戶。

胡歡不禁機伶伶打了個寒噤，急忙縮回頭，道：「果然是『千手閻羅』唐笠。」

秦官寶一怔，道：「那不就是唐四先生嗎？」

胡歡道：「不錯。」

秦官寶道：「如果是他，來的就一定不止一個。他那群手下呢？」

胡歡道：「我正想問你，你耳朵不是蠻管用嗎？為何不找一找？」

秦官寶立刻蹲下身去，在窗沿下面聽了又嗅，嗅了又聽，最後終於伸出了一個巴掌。

胡歡道：「五個？」

秦官寶點點頭，道：「其中好像還有一個女的。」

胡歡訝然道：「你怎麼知道有個女的？」

秦官寶道：「我嗅到了一股胭脂花粉的味道，男人應該不會使用那種東西才對。」

胡歡笑笑道：「說不定是唐門四艷中人。」

秦官寶笑嘻嘻道：「聽說唐門四艷個個容貌如花，但不知是其中的哪一個？」

胡歡道：「出去看了就知道了。」
秦官寶吃驚道：「唐四先生在外面，出去不等於送死嗎？」
胡歡道：「送死也要出去，反正房裡是絕對不能待了。」
說話間，已有一縷青煙自窗縫中飄了進來。
胡歡急忙將一件長衫拋給秦官寶，轉身將火爐上的水壺拎在手裡。

第十回 秘密

一

月光淡照下，窗戶陡然翻起，只見一條灰影穿窗飛越而出。

埋伏在窗下的五個人，不約而同地向那條灰影撲了過去。

其中一個人探手一撈，已抓住那灰影的衣角，猛的用力一拽，頓時水花四濺。五人同時驚呼出聲，分向四下逃避，神態極端狼狽。

那條灰影終於落在地上，五人這才發覺只是一領長衫而已，長衫裡包的是一個水壺，水壺顯然離爐未久，此刻還冒著熱氣。

就在五人慌亂之際，胡歡已自房中悄然而出，不徐不急地走到「千手閻羅」唐笠面前，神態灑灑灑灑，悠然已極。

唐笠遠遠便已盯住他，直待他走到近前，才冷冷道：「你……就是浪子胡歡？」

胡歡笑瞇瞇道：「閣下想必就是大名鼎鼎的唐四先生吧？」

唐笠僅僅哼了一聲，道：「江湖上都說你對逃命別具一功，看來果真有點名堂。」
胡歡依然笑容滿面道：「在下名堂再多，在四先生面前，只怕也派不上用場。」
唐笠得意地笑了笑，道：「你倒有點自知之明。」
胡歡道：「所以在下才索性自己走過來，想親耳聽聽四先生的來意。」
唐笠道：「你既然乾乾脆脆，我也不妨對你直話直說，我們這次來，就是想接你回去的。」
胡歡道：「接我回哪兒去？」
唐笠道：「當然是蜀中。」
胡歡沉吟著道：「其實在下並沒有什麼身價，何勞四先生如此長途跋涉、大費周折？」
唐笠道：「你雖然沒有身價，你身上那批東西卻極有價值。」
胡歡輕鬆一笑，道：「只可惜那批東西早已不在我身上。」
唐笠一怔，道：「此話當真？」
胡歡道：「四先生不妨想一想，如果那批東西依然在我懷裡，你們可能如此輕易的進入侯府嗎？」

唐笠道：「你的意思是說，你把那批東西藏起來了？」

胡歡道：「不錯。」

唐笠道：「藏在哪裡？能不能告訴我？」

胡歡笑笑道：「我若那麼容易便說出來，我還能活到今天嗎？」

唐笠冷笑著道：「你認為守口如瓶便能活得下去？」

胡歡道：「最低限度，到目前為止我活得還蠻好。」

唐笠道：「有一件事，我希望你搞清楚。」

胡歡道：「什麼事？」

唐笠面色一寒，厲聲道：「蜀中唐門不是侯府，我唐四也不是金玉堂，我可沒有耐性跟你窮泡！我自有辦法叫你開口。」

說完，微微把頭一擺，那五人立刻撲了上來。

胡歡縱身拔劍，倒翻而出，以劍護身，目光緊盯著唐笠，唯恐他突然施放暗器。

蜀中唐門以毒、劍、暗器揚名天下，唐笠是唐門老一輩的傑出人物，

在武林中也稱得上是個頂尖高手，不僅劍法、施毒深具火候，施放暗器手法更是堪稱一絕，彈指間十二種暗器齊發的「滿天飛花」手法，江湖上人人聞之喪膽，是以才贏得「千手閻羅」的名號。

胡歡直待腳踏實地，才鬆了口氣。

那五名唐門子弟，剎那間已攻到近前。

每個人都手持長劍，每柄劍的劍鋒都呈現出一片淡紫色，月光反射下，顯得格外嬌艷怪異，顯然每柄劍上都滲了巨毒。

胡歡明知那些人無意置他於死地，卻也絲毫不敢大意，因為只要被其中一劍刺中，都不免要受唐笠挾制，就算金玉堂回來，也未必能救得了自己。

正在思忖對策，一柄淡紫色的劍鋒已然刺到。

胡歡別無選擇，只有出劍還擊，邊戰邊退，只希望能把自己和唐笠之間的距離拉得遠一點。

那名唐門子弟劍眉星目，神情穩重，劍法卻拖泥帶水，出劍遲疑不定，好像生怕刺中胡歡的要害。

胡歡索性將計就計，一招「風捲落葉」，帶過攻來一劍，側身疾向對方懷中欺去，左肘用力一頂，剛好頂中對方的穴道。

那唐門子弟全身一軟，長劍墜地，身子也緩緩朝後倒去。

胡歡急忙將他抱住，以人做盾，巧妙的連將兩柄劍逼回，第三劍又飛舞而至。

同時身後香風又起，顯然第四劍也已襲到。

胡歡迫於無奈，只好將肉盾推出，擋住了第三劍，身形藉力往旁邊一閃，頓覺一劍擦頸而過，自己的劍鋒也自肋下反刺而出，劍勢疾如閃電。

就在這時，突然四周發出一片驚呼。

胡歡不假思索，陡將劍勢頓住。

他這才發現自己的劍尖正停在一個少女的咽喉前。

那少女清麗脫俗的臉已嚇得發白，一雙黑白分明的眸子中充滿了驚惶、絕望的神色。

胡歡整個楞住。

身旁那三名唐門子弟也一起楞住，每個人的眼中都閃爍著急切之色，連躺在地上那個被胡歡點住穴道的年輕人也不例外。

也不知過了多久，胡歡的劍已在不知不覺中緩緩收回。

那少女卻依然動也不動的望著他。

胡歡早已忘了身在險境，居然覺得自己做了一件很偉大的事。

只聽遠處的唐笠忽然暴喝道：「閃開，通通給我閃開！」

那少女這才一驚而起，另外三人也將地上的那個年輕人扶了回去。

此刻，胡歡的心猛的往下一沉，急忙抱劍凝神，遠遠凝注著唐笠的動靜。

唐笠也正在逼視著他，而且臉上開始了笑意，冷冷地笑意。

只見他慢慢攤開右掌，立刻有一名弟子雙手托劍，將劍柄遞到他的手上。

胡歡見狀不免竊喜，因為在他想來，只要對方不動暗器，自己就有一搏的機會。

誰知一念未了，唐笠已騰身躍起，左手連連揮動，十幾點寒星業已先人而至。

胡歡大驚失色，正在驚惶間，只覺得一片烏雲擦頂而過，隨之而起的是一聲懾人心魄的暴喝。

喝聲過後，便是死一般的沉寂。

胡歡定神一瞧，才發覺神刀侯已擋在他的面前，方才那片烏雲，也只是他為了阻擋暗器而先扔出的一件火狐皮袍。

唐笠正站在神刀侯對面不滿五尺的地方，兩人各垂刀劍，僵持而立，彼此竟動也不動。

旁邊所有的人也都僵立當場，沒有一個人發出一絲聲息。

突然「嗒」的一聲，唐笠的劍忽然落在地上，劍柄卻依然被一隻手緊緊握住。

原來落在地上的不僅是劍，而且還有帶著衣袖的一隻完整的右臂。

唐門子弟個個驚駭失色，連胡歡也不禁為之神色大變。

唐笠卻仍然一點表情都沒有，雙目仍然眨也不眨地瞪著神刀侯。

神刀侯冷冷道：「看在二先生份上，饒你一命，快快滾吧！」

唐笠這時身體才開始搖晃，接連倒退幾步，終於直挺挺的躺了下來。

唐門子弟紛紛撲上前去，封穴的封穴，抬人的抬人，只有那少女悄悄走到神刀侯腳下，將那柄劍和斷臂拾起，若有意若無意地還朝胡歡瞄了一眼。

那目光比月色還要淒迷，比星光還要神秘，看得胡歡整個癡了。

二

院門開而復合，唐門子弟終於悄然而去。

胡歡仍在望門凝立。

也不知什麼時候，秦官寶走到他身旁，輕輕拉他一下，道：「胡叔叔，樹上還有三個人。」

胡歡一驚，道：「哪棵樹上？」

秦官寶道：「就是牆邊那棵老榕樹上。」

胡歡信疑參半，朝那棵樹上極目望去，久久仍無所見。

神刀侯卻忽然笑了一笑，大聲喝道：「樹上的三位朋友可以下來了吧？」

月色淒迷，樹枝搖動，果見兩條身影翩然而下。

兩人同樣的身型，同樣的打扮，衣服上都是補了又補，身後還揹著五六個麻布袋，年紀雖不太大，看來在丐幫中的身分好像還不低。

樹頂仍在不停地晃動，一個高大的身影彷佛已被樹枝鉤住，掙扎良久才彈了出來，凌空幾個翻滾，剛好落在神刀侯面前。

這手絕世輕功不僅令胡歡大駭，連神刀侯也不禁為之動容。

那人白髮蒼蒼，鶉衣百結，背後竟有八個布袋，顯然是丐幫中地位最尊的長老級人物。

神刀侯打量他一陣，忽然哈哈大笑，道：「難怪今夜城裡的狗都變成了啞巴，原來是簡長老到了。」

胡歡雖未見過名滿武林的簡化子，卻已久仰其俠名，不禁對他肅然起敬。秦官寶卻只聽人說過他的叫花雞做得不錯，心裡多少還有點不太服氣。

簡長老站在神刀侯面前，足足高出半個頭，但嗓門兒卻比神刀侯小得多，只聽他啞著嗓子緩緩道：「一別多年，不想侯兄風采依舊，神威不減當年，當真是可喜可賀！」

神刀侯又是一陣揚笑，陡然臉色一寒，道：「簡長老星夜前來，不知所為何事？」

簡長老依然慢條斯理道：「我三人本想看看熱鬧就走，如今既被侯兄召喚下來，倒想趁此機會結識一位新朋友，不知侯兄可否替我引見一下？」

神刀侯道：「你要結識的人，可是浪子胡歡？」

簡長老道：「不錯。」

胡歡不待引見，已遠遠一躬到地，道：「晚輩胡歡，見過簡老前輩。」

簡長老還禮不迭道：「不敢，不敢。」

神刀侯冷笑道：「這批東西的誘惑力倒也不小，想不到連丐幫都動了染指之心！」

簡長老忙道：「侯兄誤會了，我丐幫不偷，不搶，不詐，不騙，最多也只能站在一旁等人打賞，至於妄圖染指，非我丐幫所為，侯兄還是替胡老弟提防著別人吧！」

神刀侯依然冷冷道：「你們現在就來討賞，不嫌太早了點嗎？」

簡長老笑吟吟道：「也許早了點，不過我們可以等，我們丐幫一向是很有耐性的。」

他遠遠望了胡歡一眼，大聲接道：「最重要的，我們是想讓胡老弟知道，現在他已經不再孤獨，丐幫總舵已有人守在崇陽。」

神刀侯道：「你們守在崇陽又怎麼樣？」

簡長老臉上的笑容也逐漸轉冷，緊盯著神刀侯，道：「只要有我丐幫的人在，若有人想把胡老弟吃掉，恐怕就不太容易了。」

神刀侯也逼視著他，道：「原來你們是想替浪子胡歡撐腰？」

簡長老道：「正有此意。」

神刀侯眼睛翻了翻，道：「這是你個人的意思，還是幫裡的意思？」

簡長老道：「當然是全幫的意思。」

神刀侯道：「條件呢？」

簡長老道：「什麼條件？」

神刀侯道：「你們出人出力，總不會毫無條件吧？」

簡長老道：「我們丐幫做事，從不跟人先講條件，到時候胡老弟多賞，我們多拿，少賞，我們少拿，一個不賞，我們也只當對已故去的『鐵劍追魂』胡大俠致最後一點敬意，絕對不會提出非分的請求。」

神刀侯聽得哈哈大笑，道：「簡長老，你倒也真會逞一時口舌之快。憑你們丐幫，真能做出如此漂亮的事情來嗎？」

簡長老道：「為什麼不能？」

神刀侯道：「你們甘冒覆幫之危，卻一無所圖，這種鬼話，你自己相信嗎？」

簡長老冷笑著道：「覆幫之危？侯兄未免太小看我丐幫了！」

神刀侯道：「如果你們認為對手是我侯義，你們就錯了。」

簡長老冷言冷語道：「侯兄俠名遠播，這等以大欺小的事自然是不會做的。」

神刀侯也冷笑一聲，道：「目前的確有個人想把浪子胡歡吃掉，可惜這個人你們丐幫絕對惹他不起。」

簡長老昂首啞笑道：「哈哈，武林中居然有我丐幫惹不起的人，這倒有趣得很……」

說到這裡，忽然把話縮住，呆呆地望著神刀侯，道：「侯兄指的，不知是哪一個？」

神刀侯一字一頓道：「神衛營統領申公泰。」

簡長老呆立良久，才勉強笑了笑，道：「侯兄真會危言聳聽，申公泰位高權重，他豈會把這批黃金看在眼裡？」

神刀侯道：「你莫忘了浪子胡歡的出身。在申公泰心目中，也許他的命比那批黃金更有吸引力。」

簡長老頓時楞住，久久沒有作聲。

神刀侯繼續道：「所以你們要插手，就得拿出魄力來。如果只派幾個人來說幾句漂亮話就想搬黃金，這次只怕沒這麼簡單，弄得不好，說不定反而惹禍上身，那可就成了偷雞不著蝕把米了。」

簡長老急咳兩聲，道：「侯兄真會說笑話！我丐幫忠義相傳，乃天下的一大幫，何曾做過投機取巧的事？又怎麼會在乎他一個小小的神衛營統領？」

神刀侯笑道：「既然如此，我倒希望簡長老留下來，起碼也可替我侯某壯壯膽氣。」

簡長老忙道：「能與侯兄並肩而戰，是我簡某的宿願，不過現在我卻得先回去一趟。待幫中有了決定，我必火速趕來，以供侯兄差遣，到時尚請侯兄莫要推卸才好。」

說完，雙肩微微一晃便已跨出院牆，連看都沒敢再看胡歡一眼。

身後那兩名弟子也匆匆跟出，走得慌裡慌張，了無現身時那種懾人的氣勢。

神刀侯慨然長嘆道：「這就是天下第一大幫！」

胡歡什麼話都沒說，臉上卻充滿了失望之色。

秦官寶忽然悄悄問道：「胡叔叔，你看他們會不會趕回來？」

胡歡道：「也許會。」停了停，又道：「也許不會。」

神刀侯頭也不回，只說了聲：「請隨我來！」大步朝外走去。

走到門前，陡然停足，向秦官寶招手道：「小朋友，你也來，我剛好有件差事要你幫我做。」

秦官寶大喜過望，昂首挺胸地跟出院門。

穿拱門，走曲徑，越過一片松林，一幢寬廣的白色石屋已在眼前。

石屋四周刀光劍影，戒備森嚴。

金玉堂正面含微笑地站立石階上。

神刀侯停步階下，搭著秦官寶的肩膀，含笑道：「我跟你胡叔叔有事協商，事關機密，不想讓任何人聽到，你能幫我守在這裡嗎？」

秦官寶耳朵動了動，道：「附近三十幾人，你想通通把他們撤走？」

神刀侯哈哈一笑，道：「不錯，只留下你和金總管兩個人，方圓五十丈之內，只要再有第三者侵入，你馬上告訴金總管，叫他趕人。」

秦官寶毫不考慮地點頭。

胡歡望著他，道：「辦得到嗎？」

秦官寶一拍胸脯道：「胡叔叔只管放心，絕對不會替你丟人。」

神刀侯聽得又是哈哈一笑，舉步拾級而上。

胡歡緊隨在後，剛剛進入石室，陡然「轟」的一聲，所有的門窗同時合了起來。

整間石室空空蕩蕩，沒有櫥几，沒有桌椅，除了幾盞明燈外，就是刀。

四壁掛滿了各式各樣的刀。

胡歡一看就知是神刀侯練功之所，卻不知為何將他帶來此地。

神刀侯一言不發，隨手從壁上摘下一柄刀，只見刀光一閃，「呼」的一聲，人刀俱已到了胡歡面前，刀風凌厲，快速絕倫。

胡歡駭然閃避，驚叫道：「侯大叔，你這是幹什麼？」

神刀侯冷冷喝道：「拔劍！」又是一刀劈出。

就算他不說，胡歡也想拔劍，可惜在刀風籠罩下，除了拚命閃躲之外，再也無暇拔劍。

直至連接了七八招後，連命都已丟掉半條，才抓住一個機會，「鏘」的一響，劍尖衝破刀幕，竟然閃電般直奔對方眉心。

神刀侯刀勢一頓，喝了聲：「好劍！」出刀更加快捷。

他身材雖然矮小，臂力卻大得驚人，鋼刀揮動，虎虎生威，壁上的明燈都隨之搖晃，聲勢威猛已極。

胡歡雖有一劍在手，仍然守多攻少，偶然搶攻兩招，很快便被對方的刀勢逼退。

神刀侯邊攻邊道：「劍法是不錯，可惜靈巧有餘，氣勢卻嫌不足。」

緊接著又道：「不過，劍就是要輕靈，如果要氣勢，何不乾脆使刀！」

他嘴裡念念有詞，手下卻毫不容情，連砍帶削，轉眼間已將胡歡逼到牆角。

胡歡後退無路，只得使盡全力，將神刀侯最後劈來的一刀架住。

誰知就在這時，神刀侯的左手忽然伸出，鷹爪般的利指已閃電般地扣在胡歡的咽喉間。

胡歡也正如那唐門少女在他劍下的表情一樣，驚惶、無望，連一絲掙扎的餘地都沒有。

幸好神刀侯指力一發即收，目光森冷的逼視著胡歡，道：「記住，這就是申公泰的秘密武器。哪天你見到汪大小姐，務必將這個秘密告訴她。」

胡歡驚惶良久才道：「多謝大叔指點。」

神刀侯轉身將刀還回刀鞘，又掛回原來的地方，長嘆一聲道：「我當年不慎傷在他的鷹爪神功之下，無論心理、體能上都受了極大的損害，雖經多年苦練，仍舊沒有必勝的把握，更何況我年事已高，體力就已遜他一籌，能夠拚個兩敗俱傷的局面已不錯了。問題是繼我之後，什麼人能將他一舉擊斃？」

胡歡挺胸道：「我！」

神刀侯回顧他一眼，搖首道：「你的武功太差，就算他負傷之後，你也絕非他的敵手。」

胡歡道：「就算晚輩不成，我相信欲置他於死地的人也必定大有人在。」

神刀侯道：「想坐享其成的人當然不在少數，但真正具有實力而又敢出手的，只怕難找。」

說到這裡，不禁又嘆了口氣，道：「申公泰的身分畢竟不同，除非有血海深仇，否則誰又肯豁出身家性命與他一搏？」

胡歡道：「那老賊殘害武林同道已非一日，難道那些被害人之中，就沒有一個具有真才實學的嗎？」

神刀侯道：「過去有，如今早已被他殺光了。」

胡歡欲言又止。

神刀侯道：「如果你早幾年去找汪大小姐，說不定你的追魂劍法早已學成，現在我們也就不必再提心弔膽了。」

胡歡霍然動容道：「莫非汪大小姐曾經學過胡家的劍法？」

神刀侯道：「她當然沒有學過，不過汪家那三十六招無纓槍法，據說極可能是從追魂十八劍式中演變而來。果真如此，以你的智慧當不難從中體會出胡家劍的神髓，縱然不能將追魂十八劍起死回生，至少對你的劍法也有莫大的裨益。」

胡歡聽得不知是驚是喜，呆呆地站在那裡，半晌沒講出話來。

神刀侯道：「只可惜遠水救不了近火，你現在開始苦練也來不及了，如今唯一的希望，就是汪大小姐能夠適時趕到，萬一途中出了問題，其後果將不堪設想。」

胡歡立刻道：「大叔只管安心，我的朋友已趕去接應她，我想應該不會有問題。」

神刀侯詫異道：「你的朋友是誰？」

胡歡道：「『蛇鞭』馬五。」

神刀侯蹙眉道：「你說的可是馬寡婦的那個兒子？」

胡歡道：「正是他。」

神刀侯大失所望道：「他那點兒本事，你叫他趕趕馬車也許沒有問題，想叫他對付神衛營的人馬，又何異以卵擊石？」

胡歡道：「叫他動手過招也許差了點，若是闖關救人，可比任何人都管用得多。」

神刀侯半信半疑道：「此話當真？」

胡歡笑而不答，笑容裡卻充分表現出對「蛇鞭」馬五的信心。

三

馬五跳下馬車，走進官道旁的茶棚。

天很冷，官道上的行人不多，茶棚的生意也顯得冷冷清清，六張桌子，只有兩個客人。

那兩個客人坐在一角，面朝窗外，好像不願讓人看見他們的臉，馬五進來，他們當然也沒有回頭。

馬五有意無意的坐在他們前面的座位上，拍著桌子，大聲喝道：「老張，熱茶！」

茶棚老闆姓張，年紀已在六十開外，手腳倒還俐落，過了不久，一壺熱茶已端上來，笑瞇瞇道：「馬大爺，你那批兄弟過去不久，方才也是在這兒打的尖。」

馬五應道：「哦。」目光又朝身後那兩個人掃了一下。

張老闆邊幫他倒茶，邊道：「包子剛剛出籠，要不要給您來一盤？」

馬五眉頭一皺，道：「算了吧，你那種包子能吃嗎？」

張老闆陪笑道：「今天的口味可不同，人人吃了都說好。馬大爺不妨嚐嚐看，不好吃，不要錢。」

馬五笑了笑，頭也不回，蛇鞭已然揮出，鞭梢有如靈蛇一般輕輕一捲，竟從隔壁的桌上捲回一個包子，一口吞了下去。

張老闆瞧得不由嚇了一跳，唯恐雙方發生衝突。

馬五卻若無其事般，一面嚼著，一面連連點頭道：「嗯，果然比過去好多了。」

說著，蛇鞭已又揮了出去。

張老闆急忙道：「馬大爺千萬別這樣！我這就替您送一盤過來……」

話沒說完，鞭梢已然捲回。

馬五竟忽然發覺重量不對，陡地側身一閃，只覺得肩頭滾燙，一杯熱茶整個潑在肩上。

「噹」的一聲，茶杯落在桌上，一直滾到張老闆手裡。

張老闆楞楞地捧著空杯，不知如何是好。

馬五竟忽地跳起來，指著後面那張桌子，大吼大叫道：「楚天風，你太不夠意思了，怎麼一見面就拿熱茶招呼我？」

後面那兩人同時轉身。左首一名文士打扮的人笑吟吟答道：「我是怕你口太乾，萬一噎死，我沒法向浪子胡歡交代。」

馬五哈哈大笑走過去，不再理會楚天風，卻向右首那名身形魁偉、面蓄髯的老者躬身施禮道：「曹大哥，多年不見，一向可好？」

原來那老者竟是日月會中與關大俠齊名的曹大元。

曹大元也抱拳回禮道：「好，好，這幾年馬老弟混得好像還不錯。」

馬五嘆道：「本來倒還可以，但近來可差多了。」

曹大元道：「哦？最近有什麼不如意的事？」

馬五指指肩上的茶漬，道：「你看！」

說完，三人相顧大笑。

張老闆這才知道是自己人開玩笑，立刻將包子、熱茶端了上來。

就在三人談笑間，已有三匹馬停在棚外。

曹大元眉頭微微一皺，道：「又來了。」

馬五道：「什麼人？」

曹大元道：「還不是神衛營那些人！今天已經是第三批了。」

楚天風道：「奇怪的是每個人都往南趕，唯獨這兩批人朝北走，不知為什麼？」

馬五道：「是不是北邊出了什麼事？」

楚天風道：「一路上並沒有聽人說起過，如果真的出了什麼事，多少該有點風聲才對。」

曹大元沉吟著道：「我看八成是申公泰下了召集令。」

馬五突然一驚，道：「該不會是為了攔截汪大小姐吧？」

曹大元道：「這可難說得很。」

馬五道：「曹大哥，我看我們乾脆把他們留下算了，無論他們往南走還是往北走，總不會是好事。」

楚天風忽然一笑道：「不過，其中有個人跟馬兄可是同宗，最好在動手之前，先弄清楚你們有沒有親戚關係。」

馬五冷笑道：「原來他就是馬名遠！」

楚天風道：「不錯。」

馬五抓鞭喝道：「就算他是我孫子，我也要宰了他！」

楚天風連忙阻止道：「且慢，此地不宜動手，要宰他也得找個合適的地方。」

說話間，馬名遠已帶著兩名侍衛昂然走入，一張長長的馬臉冷得好像一塊冰。只朝馬五等人斜了一眼，便在臨門的座位上坐下來，背對著三個人，神態傲慢之極。

一名身材高瘦的侍衛尚未落座，便從懷裡取出一個紙包，隨手往桌子一甩，大聲吩咐道：「伙計，這是我們自己的茶葉，水燒開了再泡！」

張老闆忙道：「是是。」

那瘦侍衛又道：「有沒有乾淨一點的點心？」

張老闆道：「有，有。」

瘦侍衛道：「端上來，快！」

張老闆忙道：「是，是。」

馬五聽得一肚子氣，恨聲罵道：「他媽的！毛病倒還不少。」

曹大元道：「不管他，喝茶，喝茶。」

馬五無奈，只得端起茶杯。

另一名較胖的侍衛一句話都沒說，目光卻一直緊盯著馬五，好像對他那副橫眉豎眼的神情十分注意。

馬五顯得更加有氣，他原想藉曹大元和楚天風之力將馬名遠除掉，既然曹大元不願在此地動手，他和楚天風當然也就不便採取行動。

正在惘然若失之際，陡聞一陣急驟的馬蹄聲由遠而近，瞬間已停在棚外。

楚天風道：「又是一個從南往北趕的人，看樣子北邊可能真的出事了。」

馬五忽然訝聲叫道：「咦！這不是汪大小姐的徒弟沈貞嗎？」

楚天風忍不住回顧一眼，道：「你認識她？」

馬五道：「人我是認不大清楚，不過，我對她這匹馬的印象卻很深刻。」

這時，沈貞已一陣風似地衝了進來，將一隻壺往櫃臺上一放，道：

「老闆，替我灌壺冷開水。」

張老闆陪笑道：「只有熱的，可不可以？」

沈貞道：「成，快！我還要趕路。」

片刻開水便已灌好，沈貞丟個銅錢，抓起水壺，轉身就要出門。

馬名遠卻忽然道：「慢點！」

那瘦侍衛身形一晃，已攔在門前。

沈貞橫目喝道：「你想幹什麼？」

馬名遠笑道：「老朋友了，怎麼連招呼都不打一聲就去？」

沈貞冷冷道：「我從來不跟狗交朋友，也不跟狗打招呼。」

馬五等人聽得不禁暗暗喝采。

馬名遠卻氣得耳根都已漲紅，桌子一拍，厲聲喝道：「給我拿下！」

那胖侍衛忽地縱身橫去，身在空中，雙掌已連環揮動，看來身手竟也不弱。

沈貞腰身一擰，已躍入櫃臺，只見白光一閃，一鍋滾燙的開水整個被她當頭潑來。

那胖侍衛急忙就地一滾，滾到櫃臺腳下，不待水花落地，鋼刀已抓在手裡，正想翻進櫃臺，猛覺背後一陣劇痛，低頭一看，竟發現一支雪亮的槍尖已自胸前穿出，不禁發出一聲淒厲的慘叫。

原來沈貞已早他一步一槍刺出，非但出手快捷，勁道也威猛無比，一槍竟將厚厚的木板和胖侍衛的胸膛同時刺穿。

慘叫聲中，棚裡所有的人全被鎮住。沈貞乘機穿窗而出，直撲自己的坐騎。

馬名遠當然不容她輕易走脫，抓劍縱身，也已撲出窗外。

同時那名瘦侍衛也已提刀趕至，剛好將沈貞夾在中間。

馬五立刻起身道：「你們坐，我去幫她應付一下。」

人尚未出門，蛇鞭已到門外，直向馬名遠頸部纏去。

馬名遠避過鞭梢，正待搶攻，楚天風也已趕到，將纏在腰間的軟劍臨風一抖，筆直地刺了過來。

馬五的蛇鞭也連連揮動，每一鞭都不離馬名遠的要害。

正在馬名遠被攻得手忙腳亂之時，身旁又響起一聲慘叫。

那名瘦侍衛也已中槍倒地，鮮血箭一般的自腹部射出，射得竟比人還高。

馬名遠大驚失色，急忙攻幾劍，飛身躍上馬鞍，以劍當鞭，鞭馬落荒而去。

就在這時，曹大元忽然躍過眾人頭頂，落在一匹馬上，回首喝道：「姑娘，槍！」

沈貞還在遲疑，楚天風已奪槍抛了出去。

曹大元抄槍縱馬，疾馳而出，動作比年輕人還要俐落。

馬五道：「一個人行嗎？」

楚天風笑笑道：「一槍一騎，萬夫莫敵。」

馬五、沈貞對望一眼，不免將信將疑。

四

三人重又進入茶棚，重新落座。

張老闆繞過胖侍衛的屍體，重又送上了一壺茶。

馬五打量著沈貞，忍不住讚嘆道：「難怪這兩年姑娘名聲大噪，只方才那一槍，便足以轟動武林了。」

沈貞傲然一笑，道：「瞧你方才出手，倒有點像我一個朋友，不知你認不認識他？」

馬五道：「哦？妳那個朋友叫什麼名字？」

沈貞道：「『蛇鞭』馬五。」

馬五使勁抓了抓鬍渣，道：「妳還有個朋友叫楚天風對不對？」

沈貞訝然道：「咦？你怎麼知道？」

馬五道：「簡單得很，如果不是朋友，怎麼會坐在一起喝茶？」

沈貞面露驚容，呆呆地望著他。

楚天風忙道：「不瞞姑娘說，在下就是楚天風，他就是『蛇鞭』馬五。」

沈貞急忙站起，神色尷尬道：「方才侄女不識二位師伯，言語中多有冒犯，還請二位師伯包涵。」

楚天風道：「不要客氣，趕快坐下。」

馬五也忙道：「自己人，這點小事，大家都不必放在心上。坐，坐下來好說話。」

沈貞依言坐下，神態卻仍不自在，好像坐在釘板上一樣。

馬五道：「姑娘是否想趕回去會見令師？」

沈貞道：「是呀！」

馬五道：「姑娘是否已和令師約好碰面的地點？」

沈貞道：「那倒沒有。」

馬五道：「據說令師已離家四天，如果事先未曾約好，姑娘又怎能找到令師下榻的地方？」

沈貞道：「家師每次出門，都是住在我師姐妹家中，算一算行程，便不難猜出她住在哪一家。」

馬五漫應道：「哦，哦，原來如此。」

楚天風道：「馬兄匆匆北上，莫非想接應汪大小姐？」

馬五道：「不錯。」

沈貞喜道：「那太好了！我帶師伯去，如果連夜趕路，明日一早便可見到家師。」

馬五道：「妳的馬快，妳先走，我還得多找幾個兄弟。但願在趕到之前，妳們師徒的行蹤尚未被申公泰發現。」

沈貞冷冷一笑，道：「師伯放心。就算被他發現，他也奈何家師不得。」

馬五道：「真的嗎？」

沈貞道：「神衛營那些人一向都喜歡單獨行動，絕少成群結隊，申公泰身邊最多也不過只有三五人隨行，所以縱然遇到家師，估量實力，他也絕對不敢貿然出手，否則吃虧的只怕是他自己。」

馬五道：「如果他在途中把人手召集起來呢？」

沈貞道：「家師與申公泰並無深仇大恨，我想他還不至於如此大費周章吧？」

馬五嘆道：「妳莫忘了，妳胡師伯卻跟他有不共戴天之仇，妳想他會輕易讓妳們師徒跟妳胡師伯會合嗎？」

沈貞俏臉不禁變了顏色。

楚天風立刻道：「不過，妳也不必太擔心，妳馬師伯自有辦法將妳們帶到崇陽，只要在他趕去之前，妳們師徒當心一點就好了。」

沈貞滿腹狐疑的看了看馬五，又看了看他手上的蛇鞭，實在不敢相信他有這麼大的本事。

馬五卻什麼話也沒說，只跟楚天風相顧一笑，慢慢端起茶杯，一口一口的喝著茶，那副自信滿滿的模樣，由不得沈貞不信。

就在這時，曹大元已然趕回。

一個人，兩匹馬，一具死屍。

他一進門，便拿出一錠銀子往櫃臺上一丟，凝視著面無人色的張老闆道：「記住，這三個人全是我殺的，我的名字叫曹大元。」
張老闆驚喜道：「曹大元是大英雄，我知道，我知道！」
曹大元淡淡一笑，回身把槍還給沈貞，道了聲：「好槍！」
沈貞早已站起，道：「前輩原來是曹大俠，失敬，失敬。」
曹大元道：「不敢，回去替我問候令師。」
沈貞忙道：「謝謝。」
曹大元道：「順便告訴令師，叫她千萬小心，申公泰好像真的要對妳們師徒採取行動了。」
沈貞不安地望著馬五，道：「馬師伯，我們能不能先走一步？」
馬五連道：「好，好。」兩眼只笑視著楚天風，身子連動都沒動。
楚天風詫異道：「你是否跟我還有什麼話說？」
馬五道：「有件差事，不知你肯不肯做？」
楚天風遲疑道：「是好事，還是壞事？」
馬五答非所問道：「小胡身邊有個女人叫玉流星，不知你有沒有聽人說起過？」

楚天風道：「嗯，此女人略具姿色，在江湖上小有名氣。」

馬五道：「你到了崇陽，如果她還在，你最好能把她趕走。」

楚天風道：「為什麼？」

馬五道：「萬一被汪大小姐碰上，恐怕不大好。」

楚天風瞄了沈貞一眼，沉吟著道：「如果她不肯走呢？」

馬五牙齒一咬，道：「不肯走就殺！」

楚天風忙道：「你叫我殺女人，我可不幹。」

曹大元忽然接著：「你不幹我幹。」

他冷笑著，繼續道：「為了武林大勢，為了汪大小姐的顏面，殺個把女賊有什麼關係？這種事也要推三阻四，太不像話了！」

馬五、楚天風聽得不禁一楞。

沈貞卻開心得連嘴都已合不攏。

五

房裡陳設得極為雅致，燈光也顯得格外柔和。

粉紅色的床幔，粉紅色的絲棉被，棉被的一角，露出了玉流星一截粉紅色的褻衣。

侯府的客房永遠給人一種舒適的感覺，尤其是專為內眷準備的女客房。

可是玉流星卻連一絲舒適的感覺都沒有。

她唯一企盼的，就是能跟胡歡早一點離開這個鬼地方，而胡歡卻一點也不急，好像還開心得不得了。

現在，他又已開開心心地走進來。

玉流星卻極不開心道：「你怎麼這麼晚才來？我一個人，悶死了。」

胡歡隨手關上房門，笑瞇瞇道：「妳為什麼不找個小丫頭聊聊天呢？」

玉流星哼了一聲，道：「那些小丫頭一個比一個難纏，我一見她們，

渾身都不自在，就像有螞蟻在身上爬一樣。」

胡歡笑道：「如果妳真有這種感覺，妳的傷就快好了。」

玉流星急道：「不是傷口，是全身。」

胡歡道：「哦？我看看。」

說話間，人已到了床邊。

玉流星急忙連滾帶爬地躲到床角，緊抱著棉被瞪著胡歡，卻無意間把一條雪白的大腿留在被外，腿根上是那件粉紅色的褻衣。

胡歡瞧著那個新褻衣，神色不禁微微一變。

玉流星緊張兮兮道：「你……又想幹什麼？」

胡歡輕咳兩聲，道：「我只想替妳搭搭脈。」

玉流星道：「你還敢替我搭脈？你上次害得我不夠嗎？」

胡歡忙道：「我下藥的火候或許不夠，把脈卻是一流的。」

玉流星想一想，終於又躺下，將被子蓋得嚴嚴實實，從被裡伸出一隻手臂來。

胡歡坐在床沿，手指輕輕搭在玉流星的腕子上。

玉流星兩眼一直瞟著胡歡的臉，一刻也不放鬆。

忽然間，她發覺胡歡的神態有些不對勁，不禁訝然問道：「喂，你心裡在想什麼？」

胡歡好像根本沒聽到她的話，過了一會兒，才道：「差不多了，再休養兩天就好了。」

玉流星大聲道：「胡歡，你究竟在想什麼？」

胡歡道：「沒有啊！」

玉流星咬著嘴唇想了想，道：「你今天有沒有出門？」

胡歡道：「有，剛剛才回來。」

玉流星道：「是不是楚天風到了？」

胡歡道：「還沒有。」

玉流星道：「那麼一定是『蛇鞭』馬五回來了，對不對？」

胡歡道：「沒有，早得很呢！」

玉流星道：「或者是汪大小姐那邊有了消息？」

胡歡道：「那就更不可能了。」

玉流星道：「這也不是，那也不是，那麼你究竟去幹什麼？」
胡歡道：「我去找秦十三。」
玉流星道：「找他幹什麼？」
胡歡道：「當然是找他要人。」
玉流星一怔，道：「他又把葉曉嵐關起來了？」
胡歡道：「那倒沒有，不過我這次決心賴上他了。我限他明天午時之前把葉曉嵐交出來，否則就去砸水蜜桃的賭場。」
玉流星道：「水蜜桃又沒得罪你，你砸人家的賭場幹嘛？」
胡歡笑笑道：「傻瓜，我只是唬唬他的。像他那種人，不跟他講幾句狠話，他連動都賴得動。」
玉流星「吃吃」笑了一陣，忽然道：「不對，你還沒告訴我你為什麼心神不寧，你究竟有什麼心事？」
胡歡道：「誰說我心神不寧？」
玉流星眉頭一皺，道：「你休想騙我！我一眼就能看出，絕對錯不了。」

胡歡道：「妳的本事好像還不小嘛？」

玉流星道：「那當然。」

胡歡道：「妳真想知道？」

玉流星道：「想，才問嘛。」

胡歡道：「好，我就老實告訴妳，我在想妳那截大腿，不但想得心神不寧，簡直已經暈頭轉向了。」

玉流星嘴巴一撇，道：「你少跟我胡扯！如果你真想，你的手早就伸進來了，你以為像你這種人我還摸不透嗎？」

胡歡沒等她說完，手已探入被中。

玉流星動都沒動。

胡歡反而嚇了一跳，急忙收手道：「咦？妳為什麼不躲？」

玉流星道：「我為什麼要躲？」

胡歡道：「妳不是不喜歡別人碰妳嗎？」

玉流星道：「對，可是你不是別人，你是浪子胡歡啊！」

胡歡哈哈一笑，道：「玉流星，妳真不簡單，我服了總可以吧？」

玉流星道：「可以，不過，你得老實告訴我，你究竟為什麼心神不寧？」

胡歡回顧房門一眼，突然半伏在玉流星身上，嘴巴湊在她的耳邊，悄悄道：「好吧，我現在就告訴妳。只是妳無論聽到什麼都不准叫出來，最好連一點表情都沒有，妳辦得到嗎？」

玉流星連連點道：「辦得到，你說！」

胡歡尚未開口，先在玉流星的耳朵上輕輕咬了一口。

玉流星果然沒有叫，只皺了皺眉。

胡歡得寸進尺，又把手伸進被裡，而且居然在被裡摸索起來。

玉流星眉頭皺得更緊，卻吭也沒吭一聲。

胡歡忽然道：「咦！原來裡邊還有東西！」

玉流星紅著臉，喘著氣道：「習慣嘛，沒有東西，我睡不著覺。」

胡歡居然也皺起眉頭，道：「怎麼還是那件鴛鴦戲水圖？臭死了！為什麼不換一件？」

玉流星道：「我只有這一件，換不下來嘛！」

胡歡道：「有沒有洗一洗？」

玉流星道：「我正想洗。你瞧爐子旁邊那盆水，那就是我託小丫頭替我拎來的。」

胡歡急忙道：「這件肚兜妳可千萬不能洗，也不要脫下來。」

玉流星詫異道：「為什麼？」

胡歡聲音壓得更低，道：「因為那件東西就藏在肚兜的夾層裡。」

玉流星聽得全身一顫，張口欲呼。

胡歡立刻將她的嘴摀住，過了許久，才慢慢放下來。

玉流星透了口氣，啞著嗓子叫道：「你騙我！那是我貼肉的東西，你如果真的藏在裡面，我會感覺不出來嗎？」

胡歡道：「誰都以為那件東西是一封信，或是一張紙，其實大家全都搞錯了，那只不過是一塊比手掌還小、比紙還薄的絹帕而已，妳當然感覺不出來。」

玉流星馬上開始查證，在胡歡的協助下，很快就摸對了地方。

胡歡道：「相信了吧？」

玉流星點頭。

胡歡笑了笑，剛欲起身，卻被玉流星拉住。

只見玉流星忸怩著，一副欲言又止的模樣，道：「你是什麼時候放進去的？」

胡歡道：「在我們來的那一天。」

玉流星道：「趁我昏迷的時候？」

胡歡：「不錯。」

玉流星道：「你除了放那件東西之外，還有沒有幹什麼？」

胡歡忙道：「沒有，沒有，既沒有摸，也沒有吃，甚至連看都沒看一眼，規矩得不得了。」

玉流星狠狠地瞪了他一眼，道：「鬼才相信你！」

胡歡又是哈哈一笑。

玉流星眼睛眨也不眨地瞪著他，道：「你真的對我這麼放心？」

胡歡道：「事實證明，何需多問？」

玉流星道：「為什麼？」

胡歡道：「朋友嘛。」

玉流星道：「你不怕我跑掉？」

胡歡道：「我這輩子什麼苦頭都吃過，就是還沒被朋友拐過，偶爾嘗試一次倒也不錯。」

玉流星苦笑道：「你倒瀟脫得很。」

胡歡聳肩道：「人生如夢，何必太認真呢？」

玉流星嘆了口氣，忽然愁眉苦臉道：「胡歡，我們趕快離開這裡吧！我在這兒住得好不安心，我有預感，早晚非出毛病不可。」

胡歡忙道：「不會的，妳不要胡思亂想。再好好休養兩天，等妳傷勢痊癒之後，我們馬上就走，妳看怎麼樣？」

玉流星只好勉強地點了點頭。

胡歡又安慰她幾句，這才翻身下來。

玉流星卻意猶未盡道：「你別走嘛，我還有話跟你說嘛！」

胡歡道：「只怕來不及了。」

玉流星道：「為什麼？」

胡歡指了指房門。

過了一會兒，果然響起了輕輕的敲門聲。

胡歡道：「什麼人？」

門縫中傳來小丫頭清脆悅耳的聲音，道：「胡大俠在嗎？」

胡歡道：「胡大俠不是正在跟妳說話嗎？」

小丫頭「吃吃」笑道：「胡大俠如果方便的話，請到書房小坐，我們金總管正在那兒恭候您的大駕。」

他能說他不方便嗎？

而且金總管的邀請，他能回絕嗎？

六

金玉堂親手將一杯香茗放在胡歡面前，滿臉堆笑道：「這兩天住得還習慣嗎？」

胡歡搖頭。

金玉堂微微怔了一下，道：「不習慣？」

胡歡嘆道：「在江湖上浪蕩慣了，這種舒坦的日子反而覺得特別難過，一天比兩天還長，尤其是夜裡竟做噩夢，而且每次的夢境都一樣。」

金玉堂道：「哦？做什麼夢？」

胡歡道：「每次都夢見掉進陷阱裡。」

金玉堂哈哈大笑道：「胡老弟真會開玩笑！如果真是陷阱，你今天還能輕輕鬆鬆地去逛街嗎？」

胡歡道：「我覺得一點也不輕鬆，甩掉後面那幾批人可真不容易。」

金玉堂道：「你果然誤會了，我是擔心你老弟的處境，特別派人隨後保護，怎麼可看成跟蹤呢？」

胡歡道：「這麼說，我還非得謝謝金兄不可了？」

金玉堂忙道：「那倒不必。」

胡歡道：「我想金兄邀我前來，必定有所指教，總不會為了閒話家常吧？」

金玉堂道：「指教可不敢，我只是想找個機會跟胡老弟隨便聊聊。」

胡歡道：「聊些什麼呢？」

金玉堂想了想，道：「我們就從那個女人開始聊起吧。」

胡歡道：「哪個女人？」

金玉堂道：「就是方才你險些竄進她被窩的那個女人。」

胡歡剛剛入口的茶差點噴了出來，急咳一陣，道：「我有沒有竄進她的被窩，金兄是怎麼知道呢？」

金玉堂急忙解釋道：「這是關心，不是監視，你可千萬不能再誤會。」

胡歡道：「有件事我覺得奇怪，很想向金兄討教。」

金玉堂道：「請說。」

胡歡道：「我與金兄素無深交，金兄何以對我的事如此關心？」

金玉堂道：「關心有什麼不好？我一直想有個朋友關心我，可惜想還想不到呢！」

胡歡一怔，道：「難道金兄就沒有朋友？」

金玉堂道：「江湖上提起我金某，人人畏若蛇蠍，無不敬鬼神而遠之，誰肯跟我這種人做朋友？就以胡老弟來說吧，你肯嗎？」

胡歡沉默，而且連目光都已避開。

金玉堂嘆了口氣，道：「胡老弟，聽說你是個很講義氣的人，也交了不少過命的朋友。我倒想請教你，想交一個朋友，就真的那麼困難嗎？」

胡歡不得不把目光落在他的臉上，淡淡道：「也不難。只要你肯付出，就一定會有收穫。」

金玉堂苦笑道：「其實我阻止你跟那個女人太接近，又何嘗不是一種付出？汪大小姐畢竟是個有身分的人，你跟她的將來固然難以預料，但站在一個朋友的立場，我讓你們有一個好的開始，總不會錯吧？」

胡歡只得點頭道：「多謝金兄關心，這件事我自會小心處理。」

金玉堂道：「那麼，我們就聊聊別的。」說著，端起了茶杯，凝視著胡歡，一副欲言又止的模樣。

胡歡不安地挪動了一下，苦笑道：「看樣子，好像要入正題了。」

金玉堂笑笑道：「你能不能老實告訴我，你究竟把那件東西藏在什麼地方？」

胡歡道：「你何不猜猜看？」

金玉堂想了想，道：「你不可能擺在那個女人身上。」

胡歡道：「何以見得？」

金玉堂道：「因為到目前為止，你還沒有相信她到那種程度，而且……」

他忽然曖昧地笑了笑，繼續道：「昨天僕婦們替她更衣的時候，也曾經仔細地檢查過，結果當然一如所料，沒有。」

胡歡淡淡道：「哦。」

金玉堂又道：「你當然也不可能交給秦十三或『蛇鞭』馬五。」

胡歡道：「為什麼不可能？」

金玉堂道：「在你的心目中，那件東西總是禍多於福，你不可能把燙手的山芋扔給你的朋友，因為你不是那種人。」

胡歡哈哈一笑，道：「金兄太抬舉我了，我偶爾也會害朋友的。」

金玉堂也笑笑，緊盯著他的臉，道：「你當然更不可能擺在自己的身上。」

胡歡一點表情都沒有，道：「那可難說得很。」

金玉堂連連搖首道：「如果那件東西在你身上，你根本就不可能住進侯府，更不可能坐在此地跟我談笑風生了，你說對不對？」

胡歡不置可否，道：「那麼依你看來，我究竟把它藏在哪裡呢？」

金玉堂道：「這正是我想問你的。」

胡歡忽然苦笑道：「看來你們侯府對那批東西好像是勢在必得？」

金玉堂立刻道：「你又誤會了。不瞞你說，東西我們可以不要，但那張圖我們卻很想看一看。」

胡歡頗感意外，道：「你的意思是說，你們只想看一看？」

金玉堂道：「不錯。」

胡歡道：「可有什麼特殊的理由？」
金玉堂道：「有，因為我們要確定那張圖究竟是真的還是假的。」
胡歡道：「既然東西你們都可以不要，那張圖是真是假，跟你們又有什麼關係？」
金玉堂道：「關係大得很，足以影響我們侯府下一步的行動。」
胡歡道：「可否請金兄說得再詳細一點，也好讓我長點學問。」
金玉堂道：「可以，只希望在我說出之後，胡老弟切莫叫我失望才好。」
胡歡稍許考慮一下，道：「好，你說。」
金玉堂道：「其實事情很簡單。如果那張圖是真的，神衛營的目標當然是那批黃金，只要你胡老弟離開崇陽，自會將他們引走。他們雖然不會因此而放過侯府，但至少也可以替我們爭取幾天時間，因為他們想捉住你，恐怕還要大費一番手腳。」
胡歡笑笑道：「如果是假的呢？」
金玉堂道：「那麼整個事件就可能都是申公泰的陰謀，侯府除了奮力

一戰，沒有第二條路可走。」

胡歡呆了呆，道：「你是說連那張藏金圖，也是申公泰玩的花樣？」

金玉堂道：「有此可能。」

胡歡道：「可是你莫忘了，那批藏金之說，已在江湖上流傳幾十年了。」

金玉堂道：「不錯，他這次也許正是運用那個傳說，否則一百萬兩黃金不是個小數目，他何以遲遲無動於衷，直至現在才動手？」

胡歡遲疑著道：「會不會是因為我的緣故？」

金玉堂道：「你認為你在他心目中的分量，會比日月會的關大俠更重嗎？」

胡歡沉吟不語。

金玉堂繼續道：「其實他心目中的第一號死敵，無疑是我家侯爺。侯爺一日不死，他一日寢食難安。尤其近幾年侯府的日益壯大，更使他難以忍受，他才急得連秦十三這種大名鼎鼎的人物都派了來。」

胡歡一驚，道：「秦十三果真是京裡派來的？」

金玉堂笑道：「你不是早就料到了嗎？」

胡歡乾咳兩聲，道：「你們既已發覺他是來監視你們的，何以還容他留在崇陽？」

金玉堂道：「當時我本想將他擠回去，但我忽然對這件事起了疑心。試想秦十三是保定秦家的傑出人才，又是賀天保的得意門生，而賀天保跟五虎斷門刀韓江又是兒女親家。就憑這種關係，他的行為再不檢點，也不至於跌得如此之慘，所以我認為他的遠來崇陽，極可能是京裡有人刻意向我們示警，否則申公泰手下人才濟濟，何必派個名點子來提醒我們小心防範？」

胡歡不禁點頭道：「嗯，有道理。」

金玉堂緊接道：「而這段期間，他對我們侯府十分友善，對我派在他身邊的人也渾然不覺，無論公事私事都不加隱瞞，由此益發證實我當初的推斷完全正確。只有這次的事實出人意料之外，直到現在，我還想不出他的消息是怎麼遞出去的。」

胡歡道：「什麼消息？」

金玉堂道：「當然是有關你的身分以及藏金的消息。」

胡歡霍然變色道：「原來是這個王八蛋出賣了我！」

金玉堂連忙笑道：「你也不必氣惱，說不定他這次出賣的不是你，而是申公泰。」

胡歡道：「此話怎麼說？」

金玉堂道：「因為雙方的實力他最了解，也許他認為這正是消滅申公泰和他那批爪牙的大好機會。」

胡歡道：「那麼汪大小姐又是誰通知的？」

金玉堂道：「當然也是他，也許他認為有汪大小姐的協助，我們的勝算會更大。」

胡歡拍桌而起，道：「這個王八蛋竟敢替我亂作主張，我非得好好修理他不可！」

金玉堂卻仍然四平八穩地坐在那裡，含笑望著他，道：「聽說胡老弟要砸水蜜桃的賭場，不知是真是假？」

胡歡冷冷笑道：「當然是真的，我不但要砸，而且我要把它砸得稀

巴爛！」

金玉堂急忙站起來，道：「胡老弟手下留情。那間賭場是侯府的，你砸得再爛，對他也沒有任何損失。」

胡歡一楞，道：「難道水蜜桃也是侯府的人？」

金玉堂道：「過去的確是。」

胡歡道：「現在呢？」

金玉堂道：「那就得問問秦十三了。」

胡歡笑了笑，道：「要我不砸賭場也可以，除非你幫我把葉曉嵐找出來。」

金玉堂道：「找葉公子的事包在我身上，只要他沒離開崇陽，明天午時之前一定交人。」

說完，從一旁取出兩封銀子和幾張銀票，往胡歡面前一推，道：「區區之數，不成敬意，請胡老弟先收下。」

胡歡瞧瞧銀子，又瞧瞧金玉堂，莫名其妙道：「這算什麼？」

金玉堂含笑道：「紋銀一千兩，就算是賭場孝敬你的消氣錢吧！」

胡歡臉孔一紅，道：「這個錢我可不能收。」

金玉堂道：「你也許還有錢用，但那女人身上卻已一文不名，你不給她點銀子，怎麼趕她走路？」

胡歡遲疑一下，還是把銀子揣進懷裡。

金玉堂道：「至於你答應我的事，可千萬不能忘記！」

胡歡道：「什麼事？」

金玉堂道：「那張圖。」

胡歡忙道：「哦，好，好，你先把人給我找到了再說。」

金玉堂神色一動，道：「你該不會把那張圖藏在葉曉嵐公子身上吧？」

胡歡道：「誰說不會？我不是告訴你過，我偶爾也會害害朋友嗎？」

七

晨，紅日滿窗。

胡歡睜開惺忪的睡眼，搖搖晃晃的走下來，將厚厚的幔帳拉攏，重又撲回床上。

四周一片寧靜，正是睡眠的好時刻，而胡歡的身子卻忽然又彈起來，睜大雙眼，回首瞪視著昨夜放在桌上的銀兩。

兩封銀子竟只剩下了一封，壓在銀子下面的銀票，顯然有挪動過的跡象。

窗子仍舊合得很嚴，房門也關得很緊，只有昨夜分明拴好的門閂已被人撥開。

「是誰動過手腳？是誰趁我熟睡時進來過？」

胡歡整個清醒過來，將銀子略加盤點，立刻發現少了三百兩。

剛好三成！

胡歡臉色大變，同時心裡也陡然浮起一股不安的感覺。
正當此時，門外已響起了幾聲輕咳。
胡歡急忙整理一下情緒，大聲道：「是金兄嗎？」
只聽金玉堂道：「胡老弟，起來了吧？」
胡歡道：「請進，門沒有閂。」
金玉堂推開房門，還沒有跨進門檻便已笑道：「那女人走了，知道吧？」
胡歡淡淡道：「哦。」
金玉堂道：「她一聲不響就走了，幾個服侍她的人居然都沒有發現，看來她倒也真是個厲害角色！」
胡歡道：「那高來高去的功夫，在她根本不算什麼，真正厲害的，你們還沒有嚐到呢！」
說話間，金玉堂已走進來，突然發現了桌上的銀兩，不禁詫異道：「咦！這些銀子你沒有交給她？」
胡歡稍稍頓了一下，聳肩道：「交給她一千，退回來七百，我居然

也沒有發覺，萬一她賞我一刀，那可真要浪子歸天了！」說完，昂首哈哈大笑。

金玉堂卻一點也不覺得好笑，冷冷道：「胡老弟，我勸你今後還得特別當心才行。」

胡歡一怔，道：「為什麼？」

金玉堂道：「那女人一向愛財如命，她肯留下七百兩給你，足證明把你看得比銀子還重。」

胡歡道：「那是因為我有金子。」

金玉堂道：「不錯，所以你想趕走她，恐怕還不容易，她隨時隨地都可能摸回來。」

胡歡道：「不會吧？」

金玉堂道：「會。」

胡歡默然不語。

金玉堂道：「如果要杜絕後患，我倒有一個最簡單的辦法，不知你肯不肯幹？」

胡歡道：「什麼辦法？」

金玉堂比著手勢道：「殺！」

胡歡眉頭一皺，道：「金兄真會開玩笑，我與她無怨無仇，為什麼要殺她？」

金玉堂道：「為了你跟汪大小姐的將來，我認為你應該這麼做。」

胡歡道：「這種事我不能做。」

金玉堂道：「你不能做，我能，只要你點個頭。」

胡歡搖頭，拚命地搖頭。

金玉堂立刻道：「量小非君子，無毒不丈夫。現在你不狠一狠心，將來就麻煩了。」

胡歡苦笑道：「反正我的麻煩一向都很多，再多一兩樣又何妨？」

金玉堂無可奈何道：「好吧，隨你，不過這件事你最好還是仔細考慮一下，什麼時候改變了心意，你不妨通知我一聲。我答應過你的事，一定會替你做到。」

胡歡道：「多謝，多謝。」

他趕緊轉變話題，道：「你答應我的另外一件事，不知辦得如何？」

金玉堂道：「你指的可是葉公子的事？」

胡歡道：「不錯。」

金玉堂笑了笑，自信滿滿道：「你放心，中午之前，鐵定把人交在你手裡。」

× × ×

日正當中，房裡反而顯得特別陰暗。

胡歡臉上也陰雲密佈，了無往常的神采。

几上的茶已冷，爐上的水已沸，秦官寶已叫了他許多聲，他全都沒有發覺，只兩眼癡癡地凝視著窗外，也不知在想什麼。

直到秦官寶忍不住推了他一下，他才猛然醒覺，道：「哦，你來了？」

秦官寶擔心道：「胡叔叔，你怎麼了？」

胡歡伸了個懶腰，笑道：「沒什麼，我很好。」

秦官寶道：「你真的很好？」

胡歡道：「當然是真的。」

秦官寶急忙道：「那你就趕快去救救小葉叔叔吧，他可不好了！」

胡歡吃驚道：「他出了什麼事？」

秦官寶回顧了房門一眼，急形於色道：「他被金總管的手下抓來了，還剝掉他的衣服，強迫他跳進熱水鍋裡，好像是要把他煮熟似的。」

胡歡瞟著他，道：「熱水鍋？」

秦官寶點頭道：「對。」

胡歡道：「鐵鍋？」

秦官寶想了想，道：「木頭鍋。」

胡歡「噗嗤」一笑，道：「那是桶，不是鍋，桶是洗澡用的，不是煮人的，你難道從來都沒有洗過澡？」

秦官寶脖子一紅，道：「當然洗過，不過，我可不敢用那麼熱的水。」

胡歡笑笑道：「你不必擔心，煮不熟的，最多也只能把他煮乾淨，還會送給他一身新衣服，然後再把他帶來這裡，你相不相信？」

秦官寶嘴巴一撇，道：「金總管真會有那麼好的心腸嗎？」

胡歡道：「一定會。」

秦官寶道：「我不信，你打死我都不相信。」

胡歡道：「不相信你就等，說不定他們馬上就要過來了。」

過了不久，金玉堂果然把葉曉嵐帶進來。葉曉嵐果然被煮得非常乾淨，而且果然穿了一套新衣服。

秦官寶傻眼了。

一進門，金玉堂便已笑哈哈道：「午時正，幸不辱命。」

胡歡立刻站起來，繞著葉曉嵐轉了一圈，道：「金兄，你把他打扮得這樣漂亮，是不是準備帶他去相親？」

葉曉嵐聽得嚇了一跳。

金玉堂已急咳兩聲，道：「葉老弟果然窩在城東曹老大的賭場三天三夜，幸虧我們找到他，否則怕連人都要輸掉了。」

胡歡笑瞇瞇地望著金玉堂，道：「他原來那套衣服呢？難道也輸掉了？」

金玉堂臉孔一紅，道：「那倒沒有，我看太髒了，所以叫手下拿去洗一洗。」

胡歡道：「洗的時候可千萬多加小心，萬一把裡面的東西洗壞就糟了。」

金玉堂忙道：「胡老弟儘管放心，我那批手下精明能幹，絕對不會出錯。」說罷，兩個相顧大笑。

葉曉嵐被兩人笑得莫名其妙，正想問個明白，忽然發現桌上的銀子，不禁尖叫道：「啊呀！哪裡來的這許多銀子？」

胡歡道：「替你準備的，想不想要？」

葉曉嵐摸摸鼻子，道：「小弟雖非貪財之輩，但小胡兄的賞賜，是萬萬不敢推辭的。」

胡歡道：「請。」

葉曉嵐遲疑著道：「小弟拿小胡兄這許多銀子，能為小胡兄做些什麼呢？」

胡歡道：「自己弟兄，不必客套。」

葉曉嵐道：「不不，無功不受祿，小胡兄若是不給小弟一點事兒幹，這些銀子，小弟是無法領受的。」

胡歡無可奈何地嘆了口氣，道：「你既然這麼說，我只好找件小事兒給你幹幹。你先把銀子收起來，有空的時候我們再談。」

七百兩銀子一件小事兒。

葉曉嵐連鼻子都已笑歪，歡天喜地的把銀子收進荷包。

秦官寶羨慕得口水直淌，一直後悔自己為何沒把這件好差事先攬下來。

金玉堂卻在一旁沉思不語。僅憑直覺，他就知道這件差事不好幹，而且他也感覺到這件事可能與那張藏金圖有關。

他當然也知道，只要有他在場，胡歡絕不可能把事情說出來。

金玉堂非常識趣的告辭而去。

秦官寶立刻關上房門，把耳朵緊貼在門板上，直等腳步聲去遠，才向胡歡點了點頭。

胡歡一把抓住葉曉嵐，迫不及待道：「小葉，能不能替我搬樣東西？」

葉曉嵐道：「當然能，你要什麼？你說！」
胡歡道：「我要玉流星穿在身上的那件肚兜。」
「噗嗤」一聲，秦官寶已先笑了個掩口葫蘆。
葉曉嵐卻整個僵住了，過了很久才道：「小胡兄，你不是跟我開玩笑吧？」
胡歡急形於色道：「你看我像跟你開玩笑嗎？」
葉曉嵐道：「不像。」
胡歡道：「那就趕緊替我搬！要快，再遲就來不及了。」
葉曉嵐愁眉苦臉道：「小胡兄，實在抱歉，那種貼身的物件，莫說是小弟，就算道行再高的人，也無法搬動的。」
胡歡頓足道：「我不管，那件東西我非要不可！」
葉曉嵐呆了呆，忽然將七百銀子原封不動地捧到胡歡面前，道：「看來這些銀子，小弟是無法消受了。」
胡歡頹然坐回椅子上，長長嘆了口氣，道：「你拿去用吧。那件東西追不回來，銀子再多對我也已無用。」

說完，目光又開始呆視著窗外，一副失魂落魄的模樣。

秦官寶已忍不住叫道：「小葉叔！你難道就不能想個辦法嗎？」

葉曉嵐埋首苦思良久，方道：「辦法倒有一個，但不知能否行得通。」

胡歡即刻跳起來，道：「什麼辦法？快說！」

葉曉嵐道：「只有找個安靜的地方不停地施法，只要她走得不太遠，也許還來得及。」

胡歡道：「你不是說貼身的東西搬不動嗎？」

葉曉嵐道：「貼身並不是長在身上，只要她一脫下來，我們就有機會。」

胡歡二話不說，馬上抓劍。

葉曉嵐急忙拉住他，道：「小胡兄，你準備到哪兒去？」

胡歡道：「你不是要找個安靜的地方嗎？」

葉曉嵐道：「是啊，而且還得安全。」

胡歡道：「我正好有這麼個地方。事不宜遲，我們現在就走。」

葉曉嵐卻動也不肯動，道：「如果你想找秦十三再把我關起來，我可不去。」

秦官寶一旁接著：「我也不去。」

胡歡道：「你們放心，我也不會自找罪受。我有個比監牢還要安全、比侯府還要舒適的地方，你們去了一定會喜歡。」

兩人不禁同聲問道：「哪裡？」

胡歡輕輕道：「聚英客棧。」

第十一回 決戰前後

一

聚英客棧的生意比往常還興隆，樓下大堂也顯得更擁擠。

浪子胡歡離開侯府，比進去的時候更加轟動。

城裡的武林人物，不論目的何在，都難免要趕來看看究竟。

胡歡仍舊住在那間最靠角落的客房裡。

陰暗的走廊一片寧靜，沒有閒雜人等，除了偶爾從大堂傳來的幾聲喧嘩之外，再也沒有任何聲音，靜得就像沒有人住在這裡一樣。

秦十三昂首闊步的穿過走廊，直走到胡歡門前，伸手便將沒有門的房門推開。

胡歡正在面窗而立，有人走進房裡，他竟連頭都沒有回一下。

秦十三「砰」地一聲合上房門，緊緊張張道：「小胡，你是怎麼搞的？你離開侯府，為什麼事先不跟我打個商量？」

胡歡轉身道：「這有什麼好商量的？住在哪裡還不是一樣？」

秦十三道：「住在哪裡都比這裡好，你難道沒有發覺這裡有多危險嗎？」

胡歡笑笑道：「我卻認為這裡比侯府安全得多。」

秦十三頓時怪叫起來，道：「你有沒有搞錯？你的腦筋是不是出了毛病？進出侯府，少說也得通過三五道關卡，而方才我到這裡，竟然一路通行無阻，連鬼都沒碰上一個。來的幸虧是我秦十三，若是換了別人，你浪子胡歡還歡得起來嗎？」

胡歡趕緊把窗子帶上，道：「你的聲音能不能低一點？」

秦十三一副得理不饒人的樣子，道：「我為什麼要偷偷摸摸的？老實告訴你，我就是存心要喊給他們聽聽的！」

胡歡搖頭嘆息道：「你方才能夠順利進來，那是因為他們知道你是我的朋友，若是換了別人，就算有十條命，也早就報銷了。」

秦十三嗤之以鼻道：「你也真敢吹牛！你當我不知潘秋貴有幾兩重嗎？你當我不知他那批手下都是些什麼材料嗎？」

胡歡道：「那麼你也總該知道這兩天日月會來了多少高手吧！」

秦十三冷哼連連道：「人是來了不少，高手嘛……哼哼，我可是一個都沒有見到。」

話剛說完，陡聞「噗」地一聲，房門不啟自開，顯然是被一股陰柔的掌風震開的。

秦十三閃出房，橫掃了空蕩蕩的走廊一眼，最後把目光落在對面的房門上，冷笑著道：「這又何足為奇？只不過是招普普通通的隔山打牛罷了。」

胡歡道：「招式是很普通，但相隔丈餘出掌，力度又能控制得如此平穩，我相信具有這等火候的人，江湖上已不多見，你能說他不是一名高手嗎？」

秦十三冷笑不語。

就在此時，忽覺一絲勁風拂面而過，只聽「叮」的一響，一根極小的細針竟將一隻飛行的蒼蠅釘在牆壁上。

而附近的牆壁上已釘了不少同樣的細針，每根針上都有一隻蒼蠅，每隻蒼蠅的翅膀還都在「嗡嗡」地顫動不已。

秦十三呆了呆，道：「這算什麼？」

胡歡苦笑道：「這就是告訴你，現在的聚英客棧已被防守得固若金湯，莫說是人，便是蒼蠅也休想飛進來。」

秦十三呆立良久，忽然閃身進房，將胡歡拖到門後，輕聲細語道：「小胡，這麼一來，你就更危險了。」

胡歡斜瞟著他，道：「為什麼？」

秦十三聲音壓得更低，道：「潘秋貴調兵遣將的目的是什麼？總不會只是為了保護你吧？」

胡歡道：「當然不是，但東西不在我手上，他們動我也沒用。」

秦十三道：「如果他們先將你制住，你不乖乖把東西交出來，成嗎？」

胡歡泰然道：「你放心，時候還沒到，他們絕不可能現在就動手。」

秦十三道：「何以見得？」

胡歡道：「倘若他們現在將我制住，立刻就會變成眾矢之的，而且有侯府虎視在旁，我想他們也不敢。」

秦十三冷笑道：「你倒好像蠻有把握！」

胡歡淡然一笑，道：「我對自己的事一向都極有把握，但你目前的處境卻很讓我擔心。」

秦十三愕然道：「我有什麼值得擔心的？」

胡歡笑得神秘兮兮道：「你有沒有想到，萬一你被水蜜桃閹掉，你或許還可以到宮裡去混混，可是十三嫂以後的日子還怎麼過？」

秦十三狠狠地啐了一口，臉紅脖子粗道：「你胡扯什麼？」

胡歡「吃吃」笑道：「你也不必氣惱，我只不過是提醒你罷了。」

秦十三板著臉孔道：「我可沒有心情跟你鬼扯淡！我來找你，是有重要的消息要告訴你。你聽，我就說，你不聽，我回頭就走。」

胡歡忙道：「好，好，你說，你說。」

秦十三豎起耳朵，聽聽門外的動靜，方道：「縣裡剛剛接到申公泰召集手下歸隊的密令，這種緊急措施，在神衛營來說是極少有的事。」

胡歡淡淡地道：「八成是侯府派出去的那些人已被他發現。」

秦十三不以為然道：「申公泰不僅武功奇高，為人更是狂傲無比，除非神刀侯親自出馬，如果僅是侯府一些屬下，莫說他還有幾名高手隨行在

側，就算只有一人一刀，也絕不至於發令求援。」

胡歡略顯不安地咳了咳，道：「那麼依你看，他要對付的是什麼人？」

秦十三沉吟著道：「我懷疑他極可能要向汪大小姐師徒下手。」

胡歡強笑兩聲，道：「不可能，絕對不可能！汪大小姐不過是個後生晚輩，以申公泰的身分，豈會做出那種以大欺小、貽笑武林的事？」

秦十三正色道：「你錯了。汪大小姐年紀雖輕，卻是一派宗師，而且為了胡家的事兩人互相敵視已非一朝一夕。如非汪家兄弟在朝為官，而汪大小姐門下又有不少權貴子弟，申公泰早就對她下手了。你想，如今有了這個機會，他會輕易錯過嗎？」

胡歡頓足道：「你當初難道就沒料到這兩人在途中可能碰面嗎？」

秦十三嘆道：「那時我只竭盡所能將兩人引出京來，哪裡還顧得上其他的事？」

胡歡垂頭喪氣地跌坐在椅子上，沉默了許久，方道：「你現在總可以老實告訴我，你究竟為什麼不計一切後果把他們引了來？是為了升官，還是為了發財？」

秦十三道：「都不是，我這樣做，完全是為了你。」

胡歡叫道：「為了我？」

秦十三道：「不錯，你要想報仇雪恨，難道還有比利用侯府和汪大小姐兩股力量還好的方法嗎？」

胡歡瞪著他，道：「我報什麼仇、雪什麼恨？」

秦十三立刻道：「當然是報你們胡家二十年前那段滅門之仇。」

胡歡道：「你怎麼知道我是胡家的後人？」

秦十三道：「咦，你不是姓胡嗎？」

胡歡氣得狠狠地在茶几上拍了一掌，道：「天下姓胡的多了，難道每個人都是南宮胡大俠的後人？」

秦十三心平氣和道：「別人不是，你是。這可不是我叫你硬充，而是大家都認定你就是那個人，連神刀侯、汪大小姐以及申公泰等人都已深信不疑，你想否認都不行。」

胡歡恨恨道：「都是你做的好事！你有沒有想到後果問題？如果我不是那個人，汪大小姐一到，豈不是馬上就被揭穿？」

秦十三悠然道：「那有什麼關係？到時候申公泰已死，你已變成人人敬仰的大英雄，再也不會有人找你麻煩，也不可能有人再動你懷裡那批東西的腦筋。至於汪大小姐，她更沒理由怪你，因為你從來沒有承認過你是那個人。」

胡歡氣急敗壞道：「可是你有沒有替汪大小姐想一想，她以後怎麼辦？」

秦十三輕輕鬆鬆道：「她照樣帶著她的徒弟回她的北京，你也照樣扛著你的黃金跑你的江湖，這件事，就像根本未曾發生過一樣。」

胡歡急得跳起來，道：「你說得可簡單！申公泰一死，她還能回去嗎？」

秦十三笑瞇瞇道：「她為什麼回不去？人是你和玉流星殺的，跟她一點點關係都扯不上。」

胡歡楞了楞神，道：「萬一申公泰死不了呢？」

秦十三神色一冷，道：「他非死不可！我匆匆趕來，就是請你趕緊想個辦法，無論如何不能讓他把汪大小姐這股力量毀掉，否則一切計畫全部泡湯。」

胡歡冷笑道：「很抱歉，禍是你惹出來的，你自己去想辦法吧，我可無能為力。」

秦十三急道：「小胡，緊要關頭你可不能跟我嘔氣！你不是一直都很敬重汪大小姐嗎？你忍心看她毀在那老賊手上嗎？」

胡歡沉思片刻，猛一跺腳道：「好吧！你說，你叫我怎麼做？是不是想叫我趕去跟她做一對同命鴛鴦？」

秦十三連忙陪笑道：「那倒不必，你只要想辦法說動侯老爺子，請他老人家跑一趟就夠了。」

胡歡頓時叫起來，道：「你瘋了！神刀侯會置一家老小於不顧，跑去支援不相干的人？若是你，你肯嗎？」

秦十三道：「我若是侯老爺子，我一定肯。」

胡歡嘆了口氣：「只可惜有一件事你還沒有想到。」

秦十三道：「什麼事？」

胡歡道：「就算神刀侯肯去，金玉堂也絕對不會答應。」

秦十三道：「為什麼？」

胡歡道：「如果金玉堂也跟你我一樣，是個不計後果、孤注一擲的人，他還有什麼資格號稱『神機妙算』？」

秦十三也不禁嘆了口氣，道：「好吧，那麼我們就退而求其次。你不是說這兩天日月會來了不少高手嗎？你不妨跟潘秋貴談談看，叫他抽一部分人去支援一下。你看這個辦法怎麼樣？」

胡歡道：「辦法是不錯，可惜我和潘老闆的交情有限，不便啟齒，我看還是你跟他們說吧！」

秦十三苦笑道：「我更不成，我們一直都是處在敵對狀態，他不暗中把我殺掉，已算對得起我；想開口向他借人，簡直是癡人說夢。」

這時門外忽然有人接道：「秦頭兒言重了，這兩年多次暗中維護之德，潘某感念久矣，莫說借人，便是想借潘某的項上人頭，潘某也會毫不考慮的摘給你。」

房裡兩人聽得相顧楞了半晌，忽然同時笑口大開，急忙開門迎客，畢恭畢敬的把潘秋貴請進來。

潘秋貴笑容滿面道：「方才那件事已不勞兩位吩咐，敝會曹大哥和楚老弟途中發覺情況不對，立刻便折了回去，並已通令沿線弟兄，全力保護汪大小姐師徒。只是敝會弟兄能力有限，難以擔當大任，只希望馬五兄能早一點趕到，有他在場，那可就安全多了。」

秦十三聽得一楞道：「奇怪，為什麼每個人都把『蛇鞭』馬五捧上了天？他除了趕趕馬車、耍耍鞭子之外，究竟還有什麼本事？」

胡歡道：「他還會騙人。」

秦十三道：「騙人？」

胡歡道：「不錯，不過他跟你可有點不一樣。」

秦十三小心翼翼道：「哦？怎麼不一樣？」

胡歡一本正經道：「他只騙外人，從來不騙自己朋友。」

二

六輛破舊的篷車，風馳電掣般奔馳在寒風裡，路面顛簸，輪聲隆隆，車後揚起一片煙塵。

煙塵中十幾匹快馬緊追不捨，馬上的人一色衙役打扮。為首一名中年捕頭，以刀當鞭，一面催馬，一面大聲喝道：「停車，停車！」

馬五咬緊牙關，連連揮鞭，對後面的呼喝像根本沒有聽到一般。

他趕的是六輛篷車的第一輛，也是其中最破的一輛，破得隨時都有散掉的可能，連他自己都有點擔心。

轉眼間車隊已奔上了一條大道，車行速度更快，後面追騎的距離也更近。

呼喝聲中，陡見馬五的車身一偏，一隻車輪竟然脫軸而出，直向前方滾去。

馬五經驗老到，急忙勒韁。饒是他反應得快，依然不免車仰馬翻，車上衣物銀兩頓時撒了一地，他的人也栽出車外。

後面那五名馭者也都是個中老手，匆忙中一個急轉，硬將五輛篷車安然停在路旁。

緊隨在車後的十幾名追騎，剎那間已將人車團團圍住。

為首那名中年捕頭，縱身下馬「鏘」的一聲，捕刀出鞘，用刀背輕敲著馬五的肩膀，冷冷道：「馬五，憑良心說，你趕車的功夫還真不賴，只怪你這輛破車實在太不爭氣了。」

馬五忙道：「王頭兒說得對極，在下拚命賺錢，也就是想換輛新車。」

王頭兒似笑非笑地緊盯著他，道：「哦？你倒說說看，你替他們賣命，他們給你多少？」

馬五伸出雙掌，翻動了一下。

王頭兒臉色一寒，道：「什麼？才二十兩？」

馬五點頭不迭，道：「正是。」

王頭兒冷笑，慢慢將捕刀抬起，刀鋒也陡地轉了過來。

馬五慌忙叫道：「王頭兒且慢動手！在下還有下情容稟。」

王頭兒道：「說！」

馬五卻一句話也沒說，只從懷裡取出四只黃澄澄的元寶，雙手托到王頭兒面前。

王頭兒立刻眉開眼笑道：「原來是二十兩金子，這還差不多。」

他一面說著，一面匆匆四顧。

身旁那些衙役馬上將目光避開，有的甚至調頭轉馬，故意企首眺著遠方，王頭兒乘機飛快地把金子收進自己荷包，事後還有些不安的朝四周掃一眼。

就在眾衙役鬆懈之際，突然兩條人影自篷車後疾撲而出，直向荒郊一片樹林逸去。

王頭兒只朝那兩人背影一瞄，立刻喊了聲：「殺！」

眾衙役一聲應諾，六七匹快馬同時追趕下去。沒過多久，兩聲怪叫已隨寒風傳到眾人耳裡。

馬五頓時嚇得面如土色，顫聲道：「請王頭兒高抬貴手，這可不關我們弟兄的事。」

王頭兒拍了拍荷包，道：「你放心，我不會為難你們，只要你們乖乖的把這幾輛車給我趕回縣衙，我立刻放你們走路。」

馬五千恩萬謝，急忙命手下弟兄動手修車。

後面那五輛篷車裡已隱隱傳出哭泣之聲。

馬五不禁嘆了口氣，正想去取回那只脫軸的車輪，手臂卻忽然被王頭兒捉住。

只見王頭兒正兩眼直直地凝視著前面不遠的一片樹林。

馬五這才發覺林中已緩緩走出九匹駿馬，馬上的人個個衣著鮮明，一看就知道大有來歷。

那九匹駿馬不徐不急，並排馳來，轉瞬間已到眾人面前。

王頭兒悶聲不響地打量那些人半晌，突然走到一個眉心長了顆青痣的老者前面，道：「敢問閣下可是錢濤錢大人？」

那老者冷冷道：「你認得我？」

王頭兒滿面堆笑道：「小的王長貴，二十年前曾在大人手下當差。」

錢濤默默地望著他，目光中充滿了迷惑之色。

王長貴急忙調轉刀頭，將刀柄高高托起，道：「大人請看，這是當年大人親賜的捕刀，小的使用至今，一直未曾更換。」

錢濤彎身接刀，仔細察看了一遍，道：「哦，我想起來了。這是劉知縣任上，為了偵破虹橋棄屍一案，我當時賞給你的。」

王長貴微微怔了一下，立刻陪笑道：「那次大人賞賜的是李順，這一柄是第二年小的追隨大人捕獲趙府血案的元凶，才僥倖獲賞的。」

錢濤笑笑道：「哦，難得你還記得這麼清楚。」

王長貴道：「小的一向以此事為平生殊榮，怎麼忘得了？」

錢濤道：「你今天的運氣不錯，又碰到一件足夠你榮幸一生的事。」

王長貴小心翼翼道：「但不知大人指的是哪件事？」

錢濤指指身旁一名兩鬢斑白、面色紅潤的老人道：「這位就是我們神衛營的申統領，你趕緊過來參見吧。」

王長貴當場楞住，所有的人都同時僵在那裡，連車中的哭泣聲均已戛然而止。

「鏘」的一聲，錢濤隨手一甩，那柄捕刀剛好還進王長貴懸在腰間的刀鞘裡，顯然是有意提醒他。

王長貴這才如夢乍醒，慌忙跪倒下去，畢恭畢敬道：「德安縣捕頭王長貴，叩請大人金安。」

身後那班衙役也慌裡慌張地滾下馬來，一齊跪在地上，一旁的馬五等人也不得不跟著矮了半截。

申公泰好像很滿意地點點頭，淡淡道：「你們都給我站起來回話！」每個人都乖乖地站了起來，但身子卻一個個彎得像大蝦一樣。

申公泰緩緩道：「這是怎麼回事兒？簡單扼要的報上來！」他一口京腔，慢慢道來，聲調尖銳，威儀十足。

王長貴戰戰兢兢道：「啟稟大人，這兩人是朝廷久緝不到的要犯，直到昨天才發現藏匿在本縣境內。圍捕之前，也不知何以走漏了風聲，這兩人竟攜帶家小細軟，連夜逃出縣城。幸虧小的發覺得早，否則又被這兩個點子溜掉了。」

申公泰道：「嗯，你處理得很好，碰到這種事，一定要就地解決，以絕後患。」

王長貴連道：「是是是。」

申公泰看了看那幾輛篷車，又朝遠處那兩具屍體瞄了一眼，道：「活的你帶回去交差，死的就地掩埋。這種場面，可絕對不能落在老百姓眼裡。」

王長貴遲疑道：「這個嘛……」

錢濤截口喝道：「什麼這個那個！有申大人的吩咐，你還怕回去沒法交代嗎？」

王長貴大聲吩咐道：「挖坑，埋人，快！」

十幾名衙役齊聲一諾，倒也很有點氣勢。

應諾聲中，其中兩人很快便從篷車下找出兩把鐵鍬，往馬上的同伴手中一拋，兩匹快馬飛也似地衝了出去。

申公泰瞧得連連點頭道：「你這批手下選得很不錯，做起事來倒也乾淨俐落，回去車上的細軟和那二十兩黃金，你可不能獨吞，可要好好地打賞他們。」

王長貴身子又彎成了一隻大蝦，臉孔漲得如同紅布一般。

申公泰得意地一陣奸笑，突然喚了聲：「王頭兒！」

王長貴一驚，道：「小的在。」

申公泰話題一轉，道：「這兩天地面上怎麼樣？還平靜吧？」

王長貴道：「託大人洪福，最近倒是沒有什麼大案子。只是自從浪子胡歡那件事傳出之後，江湖人物個個都往崇陽趕，本縣是通往崇陽的必經之路，這幾天難免有些緊張。」

申公泰沉吟著道：「有個姓汪的丫頭，可曾經過這裡？」

王長貴一怔，道：「大人指的可是汪大小姐？」

申公泰哼了一聲，算是作了回答。

王長貴忙道：「回大人的話，聽說汪大小姐昨天一早已經離開新野，如果走這條路，也差不多應該到這裡了，不過據小的猜測，她們師徒路經此地的可能性恐怕不大。」

申公泰道：「為什麼呢？」

王長貴道：「汪大小姐第六個徒弟住在漢川附近，她應該走西邊那條路才對。」

申公泰笑笑道：「你的看法跟你們錢大人剛好相反。」

王長貴一呆，道：「錢大人的看法是……」

申公泰道：「那些丫頭們為了避免被我們堵住，一定會走這條路，而且今天晚上極可能住在德安城裡。」

王長貴大喜道：「小的正怕回程會出毛病，如今有各位大人同行，那就萬無一失了。」

申公泰卻淡淡一笑，道：「可是我的看法卻跟你們完全不同，所以這趟德安不去也罷。」

王長貴臉上立刻現出失望之色。

申公泰突然輕輕道：「你也不必失望，我可以派兩個人護送你回去，不過，這兩人的身價可高得很，你可不能虧待他們。」

說完，脖子一昂，又是一陣大笑，縱馬而去……

三

那兩個挖坑的衙役手腳果然俐落，片刻工夫已挖了兩個半人多深的坑。

左邊那具屍體突然睜開眼睛，道：「這個坑得挖得寬一點，『鐵戟震關東』張一洞太胖，狹了裝不下他。」

左邊那具屍體恨恨地吐了口唾沫，又道：「我叫他們用豬血，他們偏偏使羊血，擅死我了！」

那挖坑的衙役道：「擅死總比被人殺死好，如果用豬血，早就穿幫了。」

另一個衙役接道：「不錯，你別以為這批老傢伙們老眼昏花，其實一個比一個厲害。尤其是『碧眼神鵰』錢濤，那老鬼不但工於心計，眼光更是高人一等，能夠把他騙倒可真不容易。」

右邊那具屍體忽然道：「喂喂，你挖得太短，『游龍劍』陳豪起碼比

你我高出半尺有餘，你挖這麼短，叫他怎麼伸腿？」

「鐵戟震關東」張一洞從第一輛車查看到第三輛，他對車上的人倒不太注意，對東西卻盤算得很仔細，他想估計一下，這一趟他們兩人究竟可以撈多少。

「游龍劍」陳豪倚馬撐劍而立，他的人高，劍也長，遠遠望去好像生了三隻腳。

他默默地觀看四周的動靜，也等於在替張一洞把風。

馬五不慌不忙地修整車輪，連看也不看那兩人一眼，直到張一洞走近第四輛篷車，他才突然站起來，向王長貴打了個眼色。

王長貴馬上笑哈哈地趕上去，從懷裡取出一隻細而長的藍絨布盒，輕聲細語道：「大人請看，這便是前兩年太原府鄭財神失竊的那十三顆貓兒眼，據說最少也值十萬兩銀子。」

張一洞一聽值十萬兩，急忙將鐵戟往馬車旁一靠，小小心心地把盒子接過來。

盒蓋一掀，晶光奪目，果然不是凡品。

王長貴嘆了口氣，道：「只可惜目標太大，實在吞不下去，否則……」

張一洞忙道：「否則怎麼樣？」

王長貴聲音更低道：「否則小的真想借花獻佛，乾脆拿它孝敬二位大人。」

張一洞忍不住嚥了口唾沫，忽然道：「你方才說這盒貓兒眼一共多少顆？」

王長貴道：「十三顆。」

張一洞由右數到左，又由左數到右，但怎麼數都少了一顆，不禁詫異道：「怎麼只有十二顆？」

王長貴道：「還有一顆鑲在盒子底下。」

張一洞合起絨盒，反過來一瞧，果見晶光一閃，卻不見貓兒眼，而是一支雪亮的槍尖穿篷而出，閃電般刺進了他的胸膛。

他想高聲大喊，但他的嘴巴卻已被王長貴從身後緊緊捂住。

就在這時，一條紅衣身影已自最後那輛車中躥出，直撲「游龍劍」陳豪。

陳豪久歷江湖，反應奇快，身形一轉，已閃到馬後，正待挺劍禦敵，卻發覺一根蛇鞭已然捲到，竟將他的腿和馬腿纏在一起。

健馬驚嘶，前蹄蹶起，陳豪的身體竟被倒弔起來。

正在此時，紅衣身影已到，但見槍光一閃，已自陳豪背部直貫胸前。

蛇鞭一鬆，健馬潑蹄奔出，陳豪卻躺在地上動也沒動，只兩眼狠狠地瞪著那紅衣女子，嘶聲道：

「李艷紅，果然是妳！」

李艷紅輕輕拔出了槍，唉聲嘆氣道：「陳大人，你的時間已不多，如有遺言請趕快告訴我，我負責替你帶到北京。」

陳豪咬牙切齒道：「我……我……我只想咬妳一口。」

李艷紅道：「那好辦。」說著，當真挽起衣袖，把一條白嫩細膩的手臂送到陳豪嘴邊，細聲道：「你咬，你咬，給你咬！」

陳豪嘴巴張得蠻大，可惜尚未咬下去便已斷了氣。

李艷紅走到第四輛篷車前，輕輕將車簾掀開。

汪大小姐端坐車中，雖然車中很冷，但她端莊秀麗的臉上卻已有了汗珠。

她身旁擠著四名弟子，其中一人正在擦槍。

李艷紅一瞧汪大小姐的臉色，不禁有點擔心地道：「師父，妳沒事吧？」

汪大小姐長長出一口氣，道：「我擔心死了！這馬五的膽子也太大了，簡直是在玩命嘛！」

李艷紅應道：「可不是嘛？」

一旁那名擦槍弟子卻「吃吃」笑道：「我倒覺得很好玩兒。」

汪大小姐橫了她一眼，道：「好玩兒？妳有沒有想到，如果中公泰親自查車，結果會怎麼樣？」

那名弟子赧然道：「不會吧？」

汪大小姐道：「萬一會呢？」

這時馬五忽然走過來，笑呵呵接道：「就算會也不要緊，任何可能發生的情況，我都已作了萬全的準備。」

說著，竟然高舉雙臂，在江大小姐面前伸了個大懶腰。

只瞧得江大小姐師徒全都怔住。

誰知他的手臂尚未放下，遠處的官道上便已響起一片排山倒海的輪蹄聲。

透過稀疏的樹林，車隊奔馳的雄姿依稀可見。

汪大小姐恍然道：「原來馬五哥早有安排！」

馬五瞇眼笑道：「有妳在場，我不好好安排行嗎？萬一出了毛病，我回去了怎麼向浪子胡歡交代？」

汪大小姐臉孔一紅，慌忙垂下頭。

身邊那五名弟子卻個個變得掩口葫蘆，只是都不敢笑出聲來。

馬五唯恐汪大小姐臉上掛不住，急忙咳了咳，道：「李姑娘，依妳看，申公泰他們今夜可能住在什麼地方？」

李艷紅不假思索道：「新安渡。」

馬五道：「何以見得？」

李艷紅道：「若要選一個既可攔截我們師徒、又可監看漢川孫家的所在，還有比新安渡更合適的地方嗎？」

只聽「噹」的一聲，那名擦槍弟子一時失神，竟將方才刺殺張一洞的槍滑落在馬五腳下。

原來她正是汪大小姐座下排行第六的孫秋月，也就是漢川大豪孫雷孫大俠的寶貝么女。

馬五拾起槍尖，含笑遞給她道：「其實妳一點都不必驚惶，妳看到方才那二十一輛馬車了吧？」

孫秋月點點頭。

馬五道：「那些馬車便是直趕漢川的，他們準備在三個時辰之內，把妳府上大大小小老老少少通通接走。」

孫秋月怔怔道：「接到哪兒去？」

馬五道：「哪兒安全，到哪兒去。」

孫秋月道：「那麼我們呢？」

馬五道：「我們當然要到新安渡。」

孫秋月一驚，道：「莫非我們還要跟申公泰那些人鬥下去？」

馬五道：「當然要鬥下去，否則怎麼對得起妳孫二小姐？」

孫秋月又是一怔，道：「咦？這跟我有什麼關係？」

馬五笑呵呵道：「當然有關係，妳不是剛才說過這件事蠻好玩兒嗎？」

四

新安渡唯一的一條渡船又從對岸搖了回來，去的時候幾乎把船擠沉，回來的時候，船上卻空無一人。

這是上面的命令：今天夜裡新安渡不准留客。岸邊上的「周家老店」當然也不必懸掛招客燈籠，甚至連大門都關了起來。

其實就算敞著門，也沒有人敢在這裡進出，因為神衛營的申大人今晚在這兒下榻。

大官過境，地方遭殃，尤其是縣裡的衙役，更是忙得團團轉，明崗暗哨，佈防得滴水不漏，生怕有人驚駕。

新安渡是漢川境內的一個小渡口，除非有特殊事故，平日縣裡的捕快極少在這裡露面。

可是今天，申公泰等人剛剛歇下腳，漢川捕頭何玉昆便已親自趕到，簡直快得出人意料之外。

申公泰不免疑惑的盯著他，道：「你這兩條腿倒也快得很！」

何玉昆躬身答道：「回大人的話，小的腿倒不快，消息卻比一般人靈通得多。」

申公泰道：「哦？」

何玉昆即刻接道：「小的是在巡查途中接獲德安縣飛報，得知大人駕臨敝境，是以才來得如此之快。」

申公泰恍然道：「原來是王頭兒通知你的。」

何玉昆道：「正是。」

申公泰對他的答覆好像還算滿意，緩緩點了點頭，繼續道：「你在路上可曾聽到什麼消息？」

何玉昆道：「大人垂問的可是有關汪大小姐師徒的行蹤？」

申公泰目光一亮，道：「不錯。」

何玉昆道：「據說兩個時辰之前，道人橋附近曾有二十一輛馬車疾馳而過，不知跟汪大小姐師徒有沒有關連？」

申公泰沉吟著道：「二十一輛馬車？那丫頭明知我離她不遠。她還敢如此招搖？」

何玉昆道：「就是因為太過招搖，小的才懷疑這是她們師徒的聲東擊西之計，所以小的猜想，她們必定跟在大人後面，不過距離恐怕不會太近。」

申公泰道：「依你看，大概有多遠？」

何玉昆道：「那就得看汪大小姐了，她的膽子有多大，距離就有多遠。」

申公泰聽得連連點頭，對何玉昆的應對表現，顯然十分欣賞。

這時天色已暗，店小二正好端了一盞燈進來。

何玉昆急忙接在手裡，仔仔細細地檢查一遍。

申公泰擺手道：「這種事不必你來擔心，有『子午斷魂』唐老么在此，我相信絕對不會有人敢來班門弄斧。」

坐在一旁的一個面容清瘦、身材矮小的小老頭兒淡淡地笑了笑，眉目間卻充滿了高傲之氣。

毫無疑問，這人便是以斷魂砂威懾武林的唐門老么唐籍。

何玉昆忍不住對他多看了一眼，小心翼翼地把燈擺在桌上。

申公泰道：「你還有沒有什麼特別的消息要告訴我？」

何玉昆立刻道：「有。」

申公泰有點出乎意外地望著他，道：「什麼事？你說！」

何玉昆道：「聽說侯大少負了傷，好像是傷在神衛營兩位大人手上。」

申公泰微微一怔，道：「哪個侯大少？」

一直站在申公泰身後的錢濤立刻接道：「他說的想必是侯義的大兒子侯傳宗。」

何玉昆道：「正是他。」

申公泰淡淡道：「哦。」

何玉昆忽然嘆了口氣，道：「聽說他傷得好像還不輕，如果侯老爺子想靠他來傳宗接代，恐怕是沒有指望了。」

他慢慢道來，一副幸災樂禍模樣，就像跟侯家有什麼深仇大恨似的。

申公泰忍不住重新打量他一番，道：「你說你叫什麼名字？」

何玉昆道：「小的叫何玉昆。」

申公泰回首道：「錢濤，把他的名字記下來，我看他倒有點當年你的調調兒，將來有機會想辦法拉他一把。」

錢濤立刻向何玉昆使了個眼色，道：「何玉昆，大人要栽培你，你趕快叩恩吧！」

沒等何玉昆跪倒，門外已有人道：「且慢！」

門簾一掀，一個身著長袍馬褂的人切身而入，雙手捧著一堆東西，目光逼視著何玉昆，道：「你的腰牌呢？」

何玉昆一瞧那人手上的東西，急忙在自己的懷裡摸了一把，駭然道：「你是葛半仙……葛大人！」

那人道：「不錯，我是葛半仙，那麼你又是誰？」

何玉昆道：「小的當然是何玉昆。」

葛半仙道：「如果你真是漢川捕頭何玉昆，你為什麼連腰牌都沒有？」

何玉昆胸膛一挺，理直氣壯道：「誰說我沒有腰牌？我的臉就是牌。我十七歲進衙門當差，今年已經二十八歲，縣裡的百姓哪一個不認

得我？假使大人有疑問，不妨問問錢大人，他當年做捕頭的時候，可曾帶過腰牌？」

葛半仙笑笑道：「好，算你有理。那麼我再問你，你既非強盜，也非珠寶商人，你身上哪兒來的這許多首飾？」

說完，「嘩啦」一聲，將十幾件首飾和其他東西全都堆在臺案上，燈光照射下，發出五顏六色的光芒。

何玉昆臉孔一紅，道：「這是今天出來查案，崔員外硬塞給我的，想推都推不掉。」

葛半仙道：「哦？有這等好事？是什麼案子說給我們聽聽。」

何玉昆吞吞吐吐道：「其實也不算什麼大案子。只因為他家裡一個丫頭得了急病死了，崔員外怕事情傳出去不好聽，所以，所以……」

葛半仙道：「所以給你們點東西封嘴。」

何玉昆道：「是是是。」

葛半仙冷冷道：「何頭兒，人命關天，你可不能胡來啊！」

何玉昆忙道：「小的不敢。」

葛半仙從那堆東西中找出張字條，道：「你跟王長貴是什麼關係？你姓何，他姓王，在這張字條裡，他為何稱你昆兒？」

何玉昆道：「他是小的岳父。」

錢濤一旁笑道：「難怪你年紀輕輕就當了捕頭，原來你是王長貴的女婿！」

何玉昆垂著頭沒敢吭聲，一雙眼睛卻偷瞟著臺子上的那堆東西。

葛半仙又從那堆東西中找出一根長近一尺的銅管，道：「這是什麼？」

何玉昆道：「這是小的使用的兵刃。」

葛半仙拿在手裡擺弄著，道：「這是什麼兵刃？」

何玉昆突然將腰帶解下來，往銅管上一扣，手腕猛的一抖，只聽「叭」的一聲，聲音清脆悅耳，赫然變成了一條長鞭。

葛半仙仍然面帶迷惑之色道：「如果只是根鞭桿，何需做得如此考究？隨便用根木棒，效果還不是一樣？」

何玉昆神秘一笑，道：「實不相瞞，這根鞭桿還另有妙用。」

葛半仙道：「還有什麼用處？你不妨試給我們看看。」

　　何玉昆走到臺案前面，從那堆首飾中揀出一隻最不值錢的琥珀戒指，將那塊褐色的琥珀挖下來，裝進那根鞭桿裡，往後退了幾步，陡將鞭梢一拉，「叮」地一聲，那塊琥珀已牢牢鑲在牆壁上。

　　葛半仙忙將鞭拿過來，又仔細地瞧一瞧，道：「嗯，這東西威力雖然不大，倒也叫人防不勝防。」

　　申公泰道：「幸虧何頭兒是自己人，否則方才他對準你的腦袋來一下，說不定你現在已經變成葛全仙了。」說罷，哈哈一陣大笑。

　　葛半仙苦笑著將鞭子朝何玉昆一拋，道：「你趕快把你的東西收起來，到廚房去張羅一下，叫他們快點上酒上菜。申大人難得如此開心，等一會兒你好好敬他幾杯，說不定會有你意想不到的好處。」

　　何玉昆如釋重負，將東西往懷裡一揣，畢恭畢敬地倒退出去。

五

酒過三巡，菜過五味，依然不見何玉昆前來敬酒。

葛半仙笑著道：「那小子大概喝醉了，把我方才交代的話都忘光了。」

錢濤端著酒杯看了又看，道：「這酒烈得很，莫說是他，連我也有些醉了。」

中公泰也皺著眉道：「這是什麼酒？後勁兒好像足得很。」

唐籍突然揮掌將窗戶震開，喝道：「糟了，我們上了那小子的當！」

中公泰駭然道：「你說這酒裡有毒？」

唐籍道：「不是酒，是牆上那顆東西。」

說話間，取出幾顆藥丸，分別放入眾人酒杯中。

葛半仙瞇著眼朝牆壁上望了半晌，道：「那不是一塊琥珀嗎？」

唐籍搖首道：「那不是琥珀，是一塊類似琥珀的五色毒膠。」

葛半仙失聲笑道：「想不到那傢伙居然用一種最普通的迷藥，便把使毒的祖師爺唐老么給騙倒了。我算服了他！」

唐籍臉色紅了一陣，忽地站起來，道：「各位大人慢慢喝，我到外面去看看。」

說著，將那盞燈往旁邊挪了挪，匆匆忙忙地衝了出去。

明燈高懸，爐火正旺，一塊即將溶完的五色毒膠，正在爐蓋上吐著紫色的火焰。

濃烈的毒煙下，八個人全都躺在地上。其中五名侍衛都已被人點中死穴，氣絕身亡；店老闆和兩個店小二則氣息尚存，而且還發著均勻的鼾聲。

唐籍急忙將爐蓋扔出門，然後提了桶冷水，整個潑在店老闆頭上。

店老闆連喘帶咳，半晌才清醒過來，立刻老臉堆笑道：「大人是否要酒？小人這就給您送過去。」

唐籍一把將他拎過來，冷冷叱道：「那個捕頭呢？」

店老闆一看廳裡的情形，不禁嚇了一跳，顫聲道：「哪個捕頭？」

唐籍道：「何玉昆。」

店老闆左顧右盼道：「何頭兒來了嗎？小人怎麼沒看見？」

唐籍呆了呆，道：「你說那個很會鬧酒的年輕捕頭不是何玉昆？」

店老闆搖頭。

唐籍道：「那麼他是誰？」

店老闆道：「小人不認識他，小人還以為他是跟隨各位大人一起來的呢。」

此時神衛營幾名高手均已擁入大廳，每個人都楞楞地站在唐籍身後。只有申公泰大模大樣地坐在凳子上，右手抓著他那柄薄而細長的精鋼寶刀，左手手指不停地敲擊著堅硬的棗紅桌面，神色極其不耐。

唐籍無可奈何地鬆開手，回首望著平日一個個比猴子還精的同僚。

「碧眼神鵰」錢濤忽然大步走上來，把店老闆往椅子上一推，一隻腳踏著椅子邊緣，彎著身子，一副問案模樣道：「你方才說的可是實話？」

店老闆戰戰兢兢道：「小人說的句句實話，方才那人的長相跟何頭兒完全不同，小人絕對不會認錯。」

錢濤道：「哦？你倒說說看，真正的何頭兒是什麼長相？」

店老闆道：「何頭兒只有一隻耳朵，各位大人一眼就能分辨出來。」

錢濤點著頭，拉著長聲問道：「聽說他是德安縣王頭兒的女婿，不知是真是假？」

店老闆張大嘴巴，楞了半晌方道：「王長貴只有一個兒子，根本就沒有女兒，哪兒來的女婿？」

錢濤也不禁楞了楞，道：「你不會搞錯吧？」

店老闆道：「絕對錯不了，小人跟王頭兒私交好得不得了，當年他在世的時候，每隔一兩個月，總要趕來看小人一趟。」

錢濤失聲道：「你說什麼？王頭兒死了？」

店老闆唉聲嘆氣道：「已經死了兩年多了，真是好人不長壽，禍害遺千年啊！」

只聽「喀」的一聲，申公泰突然將堅硬的桌面抓了個大洞，手掌搓動，木屑粉飛。

錢濤腳也放下了，身子也挺直了，臉色難看得就好像家裡剛剛死了人一樣。

就在此時，一陣急驟的馬蹄聲疾傳而至。

只見一個捕頭裝扮的人急急衝進廳門，目光稍一搜索，低頭碎步走到申公泰座前，單膝跪倒，恭聲說道：「漢川縣捕頭何玉昆覲駕來遲，請大人恕罪。」

申公泰死盯著他那兩隻完整無缺的耳朵，惡聲道：「你說你叫什麼？」

那捕頭道：「小的何玉昆……」

語猶未盡，但見刀光一閃，那捕頭當場栽倒在地上。

「噠」的一聲，一件東西滾落在申公泰腳下。

申公泰垂首仔細一瞧，竟是一隻檀木雕成的耳朵，雕工精緻，幾可亂真。

× × ×

沈貞穿過黑暗的院落，與衝衝地衝進房裡。

隱在暗處佈哨的師妹們也一齊跟了進來，每個人都睜著眼睛，豎著耳朵，等待著她的最新消息。

沈貞喘了口大氣，笑嘻嘻道：「師父，告訴您一個好消息，神衛營那些人被馬師伯騙走了。」

汪大小姐即刻替她更正道：「不是騙走，是引走。」

沈貞忙道：「是是。」又喘了口氣，繼續道：「馬師伯花了一百五十兩銀子，買了十五個人，裝扮成我們師徒模樣，簡簡單單就把他們引過江去了。」

汪大小姐蹙眉道：「不是買，是僱，是僱了十五個人。」

沈貞連連點首道：「對對，是僱。聽說那十五個人，個個都是水中高手，船到江心，人已不見，他們追一輩子也休想追得上。」

汪大小姐沉吟道：「跟在申公泰身邊那幾個人都不是簡單人物，想瞞過他們只怕不太容易，說不定天還沒亮便已折回來，我們還是小心一點的好。」

沈貞立刻道：「這一點師父儘管放心。就算他們馬上發現真相，至少

也得在那邊耽擱一天時間。」

汪大小姐道：「為什麼？」

沈貞道：「馬師伯已在他們的馬匹上動了手腳。」

汪大小姐道：「有唐門老么在，使毒下藥恐怕都不會有效。」

沈貞「吃吃」笑道：「這次馬師伯動的好像是他們的馬蹄。」

汪大小姐苦笑道：「妳們這位馬師伯的花樣倒也真不少。」

沈貞道：「他說更精彩的還在後面呢！」

汪大小姐面色一冷，道：「替我告訴他，該收手了，夜路走多了總會碰到鬼的。」

眾女弟子同時發出一聲嘆息，好像每個人都意猶未盡。

李艷紅忽然道：「師父，妳看申公泰他們在惱羞成怒的情況下，會不會拐到孫師妹家裡去？」

汪大小姐道：「孫家除了一片莊院之外，已一無保留，就算他們趕去也不足懼。」

李艷紅道：「如果他們放火呢？」

沈貞接道：「沒關係，馬師伯說我們胡師伯有的是金子，舊的燒了，馬上可以蓋新的。」

汪大小姐瞪眼道：「妳胡說什麼！妳胡師伯哪兒來的金子？」

沈貞道：「您不是知道嗎？他懷裡那張圖，少說也有一百萬兩。」

汪大小姐道：「道聽塗說，不足為信，縱然真有那批黃金，那也是反清復明的經費，我不相信他會據為己有。」

李艷紅道：「我也不相信。」

眾女立即紛紛附和，每個人都不相信他們所仰慕的胡師伯是個貪財之輩，只有沈貞心裡有幾分懷疑，卻不敢表示出來。

一直未曾開口的孫秋月忽然傷感道：「其實我孫家也薄有資產，重建家園的財力倒也還有，只是我對那座莊園卻有說不出的依戀，真想回去再看它一眼。」

她眼淚汪汪地望著汪大小姐，道：「師父，您讓我回去轉一下好不好？我只要看一眼馬上就回來，絕不耽誤師父的行程。」

汪大小姐嘆了口氣，道：「好吧，讓妳回去看看也好。」

孫秋月破涕為笑道：「謝謝師父。」

汪大小姐想了想，道：「沈貞、雪兒，妳們兩人對附近的地形最熟悉，明天妳們陪秋月跑一趟，記住，途中不准鬧事，也不得在外流連。」

二人連忙答應。

汪大小姐好像仍有些不放心，停了停又道：「艷紅，妳也陪她們一起去。有妳在，我比較安心。」

李艷紅微微怔了一下，道：「可是我去了，師父怎麼辦？」

汪大小姐道：「有妳這許多師妹陪我，妳還擔心什麼？」

李艷紅道：「我擔心師父的安全問題。」

汪大小姐失笑道：「我有妳馬師伯和他手下幾十名雄赳赳的大俠保護，妳還怕我被人搶走嗎？」

李艷紅道：「我是怕我不在，師父剛剛創出對付申公泰的那招槍法使不出來。」

汪大小姐笑笑道：「妳放心，那一招一時半刻還用不到，妳們早點回來就好了。」

李艷紅無奈，只好點點頭。
汪大小姐揮了揮手，眾女一鬨而散，房裡只剩下她一個人。
面對著一盞孤燈，她不禁想起了從未謀面的胡歡。
她只希望胡歡真如傳說中那麼英挺、豪邁、熱情。
當然，她更希望他不是一個貪財寡義的人。

第十二回 血圖

一

深夜，孤燈。

胡歡獨坐燈下，心中忽然生出一種前所未有的孤獨之感。

他自幼浪蕩江湖，走遍千山萬水，嚐盡人間辛酸，但卻從不覺得孤獨，因為他有朋友。

而現在，黃金尚未到手，似乎所有的人對他都變了樣兒，每個人都忘了他是浪子胡歡，而都把他當成了胡百萬。

他不禁有些懷疑，難道那批黃金的魔力真的如此之大？難道那些生不帶來死不帶去的身外之物，真的比友情還要重要？

窗外寒風頻吹，窗紙「波波」作響，胡歡的心猛的一陣刺痛。

每當想起玉流星，他的心就在刺痛。

兩人相交時日雖短，卻曾同生死共患難，這段交情就真的如此脆弱嗎？

他實在不相信玉流星是這種人，但轉眼已近二更，如非她已遠走高飛，葉曉嵐和秦官寶那邊怎麼會沒有一點動靜？

就在這時，忽然有人在敲門。

胡歡精神一振，道：「什麼人？」

只聽門外一陣含含糊糊的聲音道：「胡大俠，我是賈六，我給您送飯來了。」

說話間，房門已被頂開，賈六提著飯盒，端著菜盤，咬著筷子，筷子兩端掛著兩只酒壺，一點一點地橫著走了進來。

胡歡接過菜盤，強笑道：「這麼多東西，為什麼不多找個人幫忙？」

賈六將酒菜擺了一桌，小聲道：「潘老闆特別交代，今晚只准我一個人進出，其他人等不得在這條走廊上走動。」

胡歡道：「何必如此小題大作？潘老闆也未免太緊張了。」

賈六忙道：「今天晚上的確有點緊張，直到現在大堂裡的客人還沒散，趕都趕不走。潘老闆正在外邊發愁，不知如何應付才好。」

胡歡苦笑著取出一錠銀子，連同那兩壺酒一起塞在賈六手裡，道：

「今天我不想喝酒，你拿去喝吧。」
賈六千恩萬謝地走了出去。
胡歡也的確有點餓了，端起碗來扒了幾口，忽然又放下，面對著滿桌的小菜，他又不禁想起了錦衣玉食的汪大小姐。
這些年來，他曾去過北京不下十次，可是他卻從未到過汪府，甚至連這種念頭都未曾動過。
當然他也沒有機會和汪大小姐見面，他只能從諸多傳說中來揣測她的容貌。
他為什麼不肯去見她？是自慚形穢，還是不想增加她的困擾？只怕連他自己都搞不清楚。
而這次，正是他一展抱負的大好時機，他卻糊裡糊塗把唯一能夠抬高他身價的東西丟掉了，而且是被一個女人拐跑的，如果這件事傳到汪大小姐耳裡，她會怎麼想？
思忖間，房門又響了幾聲。
胡歡不耐道：「哪一個？」

房門一開，賈六又跑了進來，手上捧著個酒罈子，笑嘻嘻道：「潘老闆就知道您喝不慣那種酒，所以特別把他珍藏多年的一罈陳紹叫我送過來，請您嚐嚐看。」

胡歡皺眉道：「我今天不想喝酒。」

賈六望著那罈酒嚥了口唾沫，道：「胡大俠，我勸您還是把這罈留下吧，這種好酒可是千金難求啊！」

胡歡只好又賞了他一錠銀子。

賈六歡天喜地的走了，還輕手輕腳地替他把房門帶上。

胡歡重又拿起碗筷，誰知尚未沾唇，便長長地嘆了口氣。

他突然發現自己很在乎汪大小姐對他的看法，他可以承受任何人的責難，如果汪大小姐為了此事而看不起他，他寧願死。

想到死，他立刻拍開泥封，舉起了酒罈。

酒灌愁腸愁更愁，他忽然覺得更悲傷、更絕望。

於是他又舉起了酒罈。

就在這時，好像又有人敲門。

胡歡放下酒罈，沒好氣地叫道：「誰？」
沒有人應聲，也不見人進來。
胡歡拉開房門，門外竟連個人影都沒有。
敲門的聲音仍在響個不停，胡歡急忙把房門閂上，兩眼直直地瞪著那扇暗門，心開始猛跳。
那聲音稍許停了一會兒，又輕輕響了起來。
胡歡撲向床柱，迫不及待地將暗門啟開，只見一個臉色蒼白、頭髮蓬亂的女人垂首走了進來，正是他所企盼的玉流星。
玉流星不聲不響地站在暗門旁邊，偷偷地瞟著胡歡，彷彿做錯了事，正在等待著他的責罵一般。
胡歡心裡雖然大喜若狂，表面卻裝得怒氣衝衝道：「妳拐了我三百兩銀子，妳還敢回來！」
玉流星想笑，淚珠卻已如雨而下，不顧一切地撲進胡歡懷裡。
胡歡也不禁熱淚盈眶，緊緊將她抱住。她現在雖然有點髒，但在胡歡看來，卻比誰都可愛。

只聽玉流星嗚咽著道：「我不是成心拐你的，我只是想把你逼出來。」

胡歡道：「逼我出去幹什麼？是不是想讓我擺好了酒菜，在這兒等妳？」

玉流星這才發現那些酒菜，淚眼望著胡歡，訝然道：「你知道我會來？」

胡歡道：「我當然知道，一千兩銀子只拿三百兩的人，還走得遠嗎？」

玉流星破涕為笑，道：「我只有三成，不敢多拿嘛。」說著，匆匆走到桌子前面，抓起碗筷，將胡歡沒吃完的大半碗飯一口氣便扒了進去，隨後又倒了一碗酒，粉頸一昂，喝了個涓滴不剩。

胡歡驚愕道：「妳還沒吃過東西？」

玉流星皺著眉尖、揉著酥胸道：「我離開侯府一直在後悔，哪兒還有心思吃東西？」

胡歡道：「如果妳後悔，妳為什麼不回來？」

玉流星道：「我不敢，我怕糊裡糊塗的被侯老爺子做掉。」

胡歡道：「那麼妳這一整天躲在哪裡？」

玉流星道：「我就躲在那座破廟的大樑上，我在上面哭了好幾次。」
胡歡道：「妳哭什麼？是否後悔銀子拿得太少？」
玉流星嘆了口氣，道：「我想你一定擔心死了，我走的時候連說也沒有說一聲，你一定氣得要命。」
胡歡瞪眼捶胸道：「我當然氣！我恨不得一見面就殺了妳！」
沒等他說完，玉流星便已一陣風似地撲在他身上，扭動著腰肢道：「你殺，你殺！」
胡歡哈哈一笑，忽然在她耳邊輕輕道：「那件東西，妳有沒有動過？」
玉流星怨聲道：「哭都來不及，哪兒還有時間動它？」
胡歡道：「趕快取出來看看，不知有沒有被妳的眼淚淹壞？」
玉流星「吃吃」一笑，道：「哪兒會有那麼多眼淚？」
說著，把暗門關上，又查看了一下門窗，然後才背對著胡歡，將鈕扣一顆顆的鬆開來。
胡歡趁著這機會匆匆盛了碗飯，拚命地往嘴裡扒，剛剛扒到一半，只聽「鏘」地一聲，玉流星竟將短刀拔出來。

胡歡不禁駭然叫道：「妳要幹什麼？」

玉流星左手提著那件鴛鴦戲水的肚兜，右手晃動短力，道：「把它割開呀！」

胡歡急忙奪過短刀，替她插回刀鞘，然後從她頭上取下髮簪，插進肚兜的夾層，輕輕轉動了一會兒，一捲染滿血跡的薄絹隨簪而出。

玉流星驚訝叫道：「原來你是這樣放進去的！」

胡歡小心翼翼地將絹帕收起，笑道：「現在妳相信我沒做過別的事吧？」

玉流星笑靨含春的垂下頭，一副欲言又止的模樣。

胡歡也垂下頭，目光卻停頓在那對挺拔顫動的乳峰上。

玉流星猛然驚覺，「嚶嚀」一聲，和身撞進胡歡的懷抱裡去。

兩人身形一個不穩，同時倒在床上，任由那件已毫無價值的肚兜滑落下去。

燈光昏暗，燈火晃動。

胡歡陡然一驚而起，跺腳道：「啊呀，糟了！」

玉流星掩胸赧顏的呆望著他，道：「怎麼了？」

胡歡道：「妳那件肚兜被人搬走了。」

玉流星楞了楞，道：「被誰？」

胡歡尚未開口，遠處已傳來葉曉嵐呼喊的聲音。

那喊聲充滿了興奮、驕傲，好像完成了一件既艱險又偉大的工作。

胡歡唉聲嘆氣地轉開暗門，連哄帶騙地把玉流星推了出去，又把短刀、酒罈和一隻沒有動過的燻雞通通交給她，才依依不捨地將門閉上。

葉曉嵐掏出那件得來不易的肚兜，立刻被奪了過去，剛想邀邀功，嘴巴已被一塊紅燒肉堵上。

秦官寶還沒弄清楚是怎麼回事，領口已被提了起來。

胡歡的臉孔遠較兩人想像的長得多，語氣也冷冷冰冰的：「你不必跟我說什麼，現在馬上替我跑一趟侯府，把金玉堂給我叫來。」

秦官寶點點頭，又搖搖頭，回手指了指門外。

胡歡道：「你這是什麼意思？」

葉曉嵐接道：「他的意思就是說，金玉堂已經候在門外。」

話聲方落，金玉堂已面含微笑的走進來，高挑著拇指，道：「胡老弟，有你的！你實在比我高，我想不佩服你都很難。」

葉曉嵐立刻道：「對對，小弟對小胡兄也一向佩服得很。」

秦官寶也匆忙道：「小侄對胡叔叔早就佩服得五體投地了。」

胡歡瞪了兩人一眼，乾咳兩聲，道：「金兄來得正好，我本來正想派人去請你。」

金玉堂笑瞇瞇道：「如果胡老弟只是為了叫我欣賞那幅鴛鴦戲水圖，那就不必了。」

胡歡低聲道：「我要給你看的是另外一張圖。」

秦官寶不等吩咐，已將房門閂起，耳朵也已緊貼在門板上。

金玉堂卻擺手阻止道：「多謝你的好意，我現在已經沒有時間看了。」

胡歡一怔，道：「你不是想辨認那張圖是真是假嗎？」

金玉堂道：「當初我想知道那張圖的真假，是為了猜測申公泰攻擊侯府的日期，但現在我們已經不能等他攻過來，非得立即採取主動，跟他一拚不可。」

胡歡道：「為什麼？」

金玉堂道：「因為汪大小姐師徒以及馬五和他一批弟兄已跟申公泰交上手，而且我派出去的人也已死傷累累，連侯大少都負了重傷，我怕他們已無力阻擋神衛營後面那些人馬，一旦讓他們跟申公泰聯合起來，我們的勝算就更少了。」

胡歡不禁大吃一驚，道：「金兄可有什麼對策？」

金玉堂嘆了口氣，道：「看情形，只有再去幾個人打打接應。」

胡歡忙道：「昨天曹大元和楚天風已折回去，並已通令日月會弟兄全力保護汪大小姐師徒，我想對我們多少有點幫助。」

金玉堂搖搖頭道：「沒有用，外面所需的不是他們，而是一個對各門各派都有影響力的人。」

胡歡道：「金兄是否打算自己趕去？」

金玉堂道：「不是我，是你。」

胡歡失聲道：「你有沒有搞錯？我有什麼影響力？」

金玉堂道：「你是目前武林中最有身價的人，只要你善加利用，保證各門各派都會對你唯命是從。」

胡歡道：「你的意思是想叫我以黃金為餌，策動其他門派跟我們合作？」

金玉堂道：「不錯！只要你能設法把後面神衛營的人馬阻住，儘快把申公泰引過江來，我們就有機會。」

胡歡道：「機會有多大？」

金玉堂道：「你能把他引多近，就有多大。」

胡歡猛的把頭一點，道：「好，我去！」

金玉堂道：「現在楊欣和孫不群正在等候，準備與各位同行。我已備了三匹馬，三位隨時都可以上路。」

葉曉嵐突然道：「一匹就夠了。」

秦官寶立刻喊道：「兩匹！」

葉曉嵐道：「咦，你瘋了！你二千八百兩銀子不要了？」

秦官寶笑嘻嘻地搔搔頭，不停地搔頭。

胡歡詫異道：「你們哪兒來的二千八百兩銀子？」

葉曉嵐道：「我身上有七百兩，翻一個身就是一千四，再翻一個身就是二千八，再翻一個身就是五千六，剛好每人二千八百兩，我的賬沒算錯吧？」

胡歡寒著臉道：「你為什麼不再多翻一個身？每個人五千六百兩，豈不是比二千八百兩更加過癮？」

葉曉嵐忙搖頭不迭道：「不成，不成！有道是知足者常樂。人不能太貪心，否則非出毛病不可。」

胡歡冷笑道：「你的腦筋好像還不太糊塗嘛！」

葉曉嵐道：「小弟的腦筋一向都很清醒，尤其算起銀子來，一兩都不會錯。」

金玉堂一旁笑道：「那麼葉公子想必也知道這一戰千載難逢，正是我輩揚名立功的大好時機，你輕易放過豈不可惜？」

葉曉嵐淡淡道：「我對生死榮辱看得都很淡，唯一的樂趣就是坐在賭桌上，只要一坐上去，任何事都可拋諸腦後。」

金玉堂道：「朋友呢？是否也都拋諸腦後？」

葉曉嵐道：「朋友當然例外，尤其像小胡兄這種朋友，我看得可比賭桌重要多了。」

金玉堂道：「既然如此，你又為何不肯跟他一起去呢？」

葉曉嵐道：「誰說不肯？只要他一歪嘴，水裡火裡，我馬上跟他走！」

胡歡神色立刻緩和下來，二話不說，嘴巴一歪，轉身便走，把關在暗門外的玉流星早已忘得一乾二淨。

二

五匹健馬漏夜趕路，一口氣奔了四五十里。胡歡陡然勒住馬，呆坐在雕鞍上。

直到此刻，他才想起了玉流星。

其他四騎也紛紛勒馬，遠遠回望著他。

距離他最近的「滴水不漏」楊欣匆匆轉回來，道：「胡老弟莫非有所發現？」

胡歡急忙搖首道：「沒有，我是忽然想起了一件事，忘了跟潘秋貴交代一聲。」

楊欣道：「那好辦，到了前面的鎮上，你寫張字條，我差人替你送回去。」

胡歡沉吟了一陣，道：「算了，由她去吧！」

說話間，其他三人也勒馬轉向。葉曉嵐一再追問事由，胡歡只是苦笑不語。

就在這時，胡歡座下的白馬忽然發出一聲長嘶。

楊、孫兩人不約而同的踩鐙翹首，企望遠方。

曙色蒼茫中，但見一條身影疾奔而至，瞬間已停在胡歡馬前。

胡歡嘆道：「『快腿』陳平的腿，果然快得驚人！」

陳平呆望他半晌，方道：「原來是浪子胡歡。」

楊欣忙對胡歡笑道：「這匹白馬原本是金總管的坐騎，所以陳平才幾乎弄錯。」

胡歡聽得眉頭不禁一皺，過分禮遇，反而使他極不自在。

楊欣立刻接道：「金總管感念老弟對侯大少救助之德，無以為報，才以愛駒相贈，希望老弟萬勿推卻才好。」

胡歡一楞，道：「你們有沒有搞錯？我幾時救過你們侯大少？」

楊欣道：「當然不是你本人，而是你的朋友。如非他及時援手，侯大少和他身邊那幾個人，恐怕一個也休想活著回來。」

胡歡如墜五里霧中，道：「我的朋友哪一個有這麼大的本事？是誰？」

楊欣道：「大風堂少總舵主莊雲龍。」

胡歡失笑道：「楊兄真會開玩笑，莊雲龍跟我只見過一面，怎麼能算是我的朋友？」

楊欣道：「但他卻曾當場言明，他不顧身家性命出手搶救，全是看在你浪子胡歡的面子上，當時在場的不止侯大少一人，我想他們不可能全部聽錯。」

胡歡這次倒真的楞住了。

葉曉嵐忽然道：「也許莊雲龍是看在小胡兄那批黃金份上，先賣給他一個交情。」

秦官寶也立刻道：「也許莊雲龍看出胡叔叔將來一定是一代大俠，先攀好交情，等他接任了總舵主的寶座，好坐得穩一點。」

楊欣道：「這位小兄弟倒是很有眼光，跟我們金總管的看法不謀而合。」

「快腿」陳平也笑嘻嘻道：「對，我也曾經聽金總管說過，三五年之後，浪子胡歡必定是武林的領袖人物。」

胡歡聽得一陣耳紅心跳，急忙避開眾人目光，俯視著陳平，道：「你們侯大少的傷勢如何？」

陳平道：「聽說已經穩住了。」

孫不群突然道：「好，只要『回龍生肌散』傳到之前他還活著，就有救。」

毒手郎中口氣雖狂，卻絕對沒有人置疑，因為誰都知道他的醫道高明，而且他的「回龍生肌散」也是武林外傷聖藥之一。

陳平看看天色，道：「各位如果沒有別的吩咐，在下可要趕回去交差了。」

胡歡忙道：「且慢，且慢！你行色匆匆，想必隱藏著重大消息，可否洩漏一點出來聽聽？」

陳平道：「我這次出來是為了傳送傷藥，並非打探消息，不過你若一定想聽，我倒可以臨時湊一個給你。」

胡歡道：「你快湊，我在聽。」

陳平道：「你的死對頭就住在前面鎮上的招商客店，你最好小心一點。」

胡歡一呆，道：「你胡扯什麼！我哪裡來的死對頭？」

陳平道：「唐笠不是你的死對頭嗎？」

胡歡道：「唐四先生的手臂是你們侯爺砍掉的，他要恨，也應該恨你們侯府，與我浪子胡歡何干？」

陳平嘻嘻笑道：「我只負責給你消息，要抬槓，你不妨跟我們楊管事較量較量。」說完，身形一晃，人已遠去。

胡歡只得望著楊欣，道：「楊兄，依你看，唐四先生真的會把這筆賬記在我頭上嗎？」

楊欣笑道：「這個問題，恐怕只有唐四本人才能答覆你。」

胡歡眼光忽然落在孫不群的臉上，遲疑著道：「孫兄跟蜀中唐門可有什麼恩怨？」

孫不群回答得乾乾脆脆，道：「沒有，絕對沒有。」

楊欣截口道：「但他和『七步斷魂』唐老么卻是名副其實的死對頭。」

孫不群冷冷道：「唐籍叛門已久，根本就算不得唐門中人，而且這些

年來，慘遭他殺害的唐門子弟已不下數十人。如果我能取他性命，我想唐門必定不會怪我，說不定反而會感激我。」

楊欣笑瞇瞇道：「你說的一點都不錯，問題是你有沒有信心把他幹掉？」

孫不群冷笑，卻避不作答。

胡歡急道：「孫兄這次出門，帶了多少『回龍生肌散』？」

孫不群道：「不多也不少，但你若想藉送藥之名而接近唐笠，我勸你還是趕快打消這個念頭。」

胡歡道：「為什麼？」

孫不群道：「他夜闖侯府，一定是貪圖那批黃金，你這一去，豈非自投羅網？」

楊欣悠悠然道：「也許他的目的連人也包括在內，他可以去找申公泰，用那批黃金和浪子胡歡去換取唐籍的性命。」

胡歡道：「或許他挾持我，只是想逼侯府放孫兄出馬，與唐籍決一死戰，因為唐四先生雖然號稱千手閻羅，卻絕非樂於手足相殘之輩，如果他藉外人之手除掉那個叛徒，還有誰能比孫兄更理想呢？」

孫不群聽得霍然動容，回視著楊欣道：「你認為有此可能嗎？」

楊欣笑笑道：「這個問題，也只有唐四本人才能說出最正確的答案。」

孫不群沉吟著道：「我犧牲一點藥粉倒無所謂，可是萬一胡老弟一去不返，我們怎麼向金總管交代？」

楊欣想了想，道：「不要緊，我們給他半個時辰的時間，如果到時候他不出來，我們馬上去救他。如今唐四重傷，那些唐門晚輩諒必不是你的對手，救他出險應該不是一件困難的事。」

孫不群點著頭，掏出一只皮製的軟袋，毅然拋向胡歡懷裡。

三

黎明。

招商客店依然沉睡在朝霧中。

後院兩排廂房的八個房門只啟開了一間，靜靜的院落中只有一個少女在舞劍。

園裡已傳來雞鳴，廚下已冒起炊煙，那少女的劍勢已近尾聲。

伏在牆頭窺伺已久的胡歡，這才悄然翻落院牆，隨手拾起一塊小石子，輕輕向那少女的腳上扔去。

那少女一驚收劍，驀然回首，目光很快便停在胡歡臉上。

胡歡立刻認出她正是前夜在自己劍下餘生的那名唐門女弟子。

那少女似乎也還記得他，清麗的面龐頓時湧起一片驚愕的表情，兩腳就像釘在地上，連動都沒有動一下。

胡歡唯恐驚醒了眾人，一面以指封唇，一面連連向她揮手。

那少女遲疑半晌，才慢慢走過來，以劍護胸，聲音小得幾不可聞道：「是你？」

胡歡笑笑道：「是我。」

那少女道：「你……你來幹什麼？」

胡歡道：「我來看看四先生，不知他老人家的傷勢怎麼樣了？」

那少女道：「我四叔很好，你趕快走吧！」一面說著，一面還擔心地回首觀望。

胡歡卻不慌不忙道：「妳是唐姑娘？」

那少女點頭，悄悄伸出了三個手指。

胡歡道：「梅，蘭，菊……妳是唐盛菊？」

那少女又點點頭，粉頸低垂，把弄著衣角，輕輕道：「你來看我四叔，我很感激，你對我的好處，我會永遠記得……」

她突然抬起頭，繼續道：「但你還是趕快回去吧，以後千萬不要再來這裡……找我，萬一被我兄弟們碰到，你會吃大虧的。」

胡歡卻斬釘截鐵道：「我一定得見到令叔，有件事我想向他老人家當面討教。」

那少女好像嚇了一跳，急形於色道：「你是怎麼了？你是不是腦筋有毛病？你難道不知道我四叔有多恨你嗎？」

胡歡抬起手臂，原想拍拍她的肩膀，卻又急忙放下，只淡淡道：「妳放心，妳四叔不會為難我的。」

說完，大步朝院中走去，高聲大喊道：「唐四先生住在哪間房裡？晚輩胡歡有事求見！」

那少女臉色大變，突然牙齒一咬，疾若流星般撲向胡歡，挺劍直刺過去。

這時幾間房門轟然齊開，十幾名衣冠不整的唐門子弟紛紛衝入院中，將胡歡及那少女團團圍在中間。

胡歡身形閃動，接連避過三劍，第四劍又已擦臂而過，同時一個香暖的嬌軀也整個貼在他身上。

只聽那少女在他耳邊悄聲道：「快把我制住！」

胡歡卻一把將她推開，連同自己的劍也塞在她手上，高舉雙手，道：「各位請看，我的劍現已交給唐姑娘，我只想拜見唐四先生，絕無惡意。」

正在眾弟子難以定奪之際，窗裡已傳出一個虛弱的聲音，道：「帶他進來！」

唐笠面容憔悴地躺在床上，兩眼半睜半閉的睥視著胡歡，道：「浪子胡歡，你倒也光棍，竟然自己送上門來。你難道不怕來得去不得嗎？」

胡歡道：「晚輩深知四先生是明理之人，所以才敢前來求見。」

唐笠冷哼一聲，道：「什麼事？說！」

胡歡道：「晚輩受人之託，特送上一些藥粉，但不知四先生合不合用？」

一旁有名弟子立刻喝道：「放肆！唐四先生醫道名滿天下，何需別人贈藥？」

另一名弟子一把將胡歡剛剛取出的藥奪過去，嗅了嗅，道：「這算什麼傷藥？裡面竟然攏了熊膽，好像還有龍腦，你說好笑不好笑？」

唐笠眼中忽然神光一閃，道：「回龍生肌散？」

胡歡道：「正是。」

唐笠道：「原來是毒手郎中差你來的。」

胡歡道：「孫不群本人不便出面，才託晚輩前來當面向四先生求教。」

唐笠皺眉道：「求教？」

胡歡道：「不錯，晚輩等即將與『七步斷魂』唐籍碰面，但不知四先生可有什麼指示？」

唐笠閉眼搖首道：「毒手郎中藝業雖有些火候，但比起我家那該死的老七來，恐怕還要差上一等，我勸他還是再多躲幾年吧。」

那名持藥弟子立即道：「而且這是我們蜀中唐門的家務事，我們無意假手他人，你最好教他少管閒事。」

唐笠忽然嘆口氣，喚了聲：「盛傑！」

那名持藥弟子應道：「侄兒在。」

胡歡方知他竟是唐門第二代中最傑出的人物唐盛傑，忍不住多看了他一眼。

唐盛傑也正在瞪著他，目光中充滿了仇恨之火。

只聽唐笠益發有氣無力道：「藥留下，人出去，我要跟浪子胡歡單獨談一談。」

唐盛傑只得將藥袋放在唐笠枕邊，帶著幾名弟兄悻悻地退了下去。

唐笠這才睜開眼，逼視著胡歡，道：「聽說你有一個朋友叫『神手』葉曉嵐，是不是？」

胡歡微微怔了一下，道：「是。」

唐笠道：「他既稱神手，手上的功夫想必不錯。」

胡歡想了想，道：「很不錯。」

唐笠道：「你能不能教他幫我辦件事？」

胡歡道：「當然可以。」

唐笠忽然用僅有的一隻手，自枕下取出一個扁平的黑布包，布包裡包的竟是一隻又髒又舊的鹿皮手套。

他拿起那隻手套，黯然道：「這是一隻與唐籍施放毒砂時所用的完全一樣的手套，幾乎連新舊都一樣，只要有人能夠把它悄悄換過來，唐籍就再也不會危害武林了。」

胡歡道：「四先生的意思，可是想教葉曉嵐動手?」

唐笠吃力地點點頭，胡歡道：「這件事太簡單了，葉曉嵐不僅神手無雙，且精通五鬼搬運之術，只要咒語一念，問題馬上解決。」

唐笠忙道：「千萬不可！申公泰身旁有個叫葛半仙的人，是奇門中頂尖高手，葉曉嵐想在他面前施法，等於自尋死路。」

胡歡道：「這就難了，此時此刻想接近唐籍，只怕不太容易。」

唐笠道：「不要緊，我可以等，總有一天他會鬆懈下來，到那個時候再動手也不遲。」

胡歡道：「可是有人卻已等不及了。」

唐笠道：「誰等不及，誰去想辦法，目前我能做的，就只有這麼多。」

在無可奈何的情況下，胡歡只得告辭。

通過充滿敵意的院落，匆匆跨出後門。

那少女早已捧劍候在門邊。

就在他接劍那一瞬時，突然發覺掌心裡多了一件東西，尚未弄清是怎麼回事，已被關在門外。

胡歡攤開手掌一瞧，竟是一隻精巧的荷包，水藍色的緞面，上面繡了一朵盛開的黃菊，繡工精細，針針傳神，不禁驚叫了一聲：

「原來是她？」

葉曉嵐也不知何時已湊近胡歡身旁，「吃吃」笑道：「不錯，她就是唐大先生的寶貝女兒唐盛菊，怕了吧？」

胡歡看也不看他一眼，道：「怕什麼，她若想毒死我，我還能走得出來麼！」

他邊說著，邊已將荷包打開來，觸眼一片銀白，荷包裡竟是二十幾粒珍珠般的丹丸，散發著一股淡雅的清香。

胡歡忍不住拈起一粒就要朝嘴裡放，葉曉嵐也已伸出手，想弄一顆嚐嚐是什麼仙丹妙藥。

就在這時，「毒手郎中」孫不群已大步走上來道：「胡老弟，嚐不得，一嚐就可能沒命了！」

葉曉嵐急忙縮回手，胡歡也慌忙將荷包藏進懷裡，卻順手往懷中取出那隻包著鹿皮手套的包裹，小心翼翼地遞到孫不群手上。

孫不群愕然道：「這是什麼？」
胡歡道：「當然是四先生回送給你的大禮了。」

四

毒手郎中精神抖擻，一馬當先，唐笠的那只鹿皮手套，彷彿給他帶來了無窮的希望。

而葉曉嵐卻無精打采地走在中間，臉色陰沉，目光閃爍，好像隨時都在找機會逃去。

胡歡和秦官寶卻緊盯在他身後，不給他一絲機會。

一路上經常有侯府的人向楊欣傳報消息，幾乎都是有關侯大少的傷勢和回程路況等，至於汪大小姐和申公泰的行蹤卻一無所知，直到中午打尖的時候，才傳來申公泰已離開新安渡的消息。

胡歡聽得精神大振，一方面是由於有了正確的目標，另一方面。起碼已經證實汪大小姐師徒還沒有落在申公泰手裡。

但坐在一旁的葉曉嵐卻更加食不下嚥，因為葛半仙的本事，他知道得比在座的任何人都清楚，在他的心目中，這個人幾乎比申公泰更可怕。

就在這時，楊欣忽然放下酒杯，一本正經道：「胡老弟，你那張藏金圖，是否真的藏在玉流星的肚兜裡？」

胡歡「噗」地一聲，剛剛入口的熱湯整個噴了出來，咳咳道：「你……你問這件事幹嘛？」

楊欣擦擦臉，笑瞇瞇道：「這件事無論是真是假，江湖上知道的人好像已經不少，也難免會傳到申公泰的耳朵裡，你說是不是？」

胡歡點頭道：「有此可能。」

楊欣道：「我們有一個葉曉嵐，已拚命想搬他們的東西，他們有葛半仙在，會不想搬我們的東西嗎？」

胡歡道：「甭想。」

楊欣笑笑道：「你猜他們最想搬的，是我們的哪一樣東西？」

胡歡嘴角牽動了一下，秦官寶卻指了指自己的肚子，好像玉流星的肚兜正藏在他懷裡一般。

楊欣道：「既然我們知道他們想搬的是什麼，何不請孫管事動動腦筋，在那件東西上玩點花樣？」

胡歡道：「對，唐四先生能在手套裡下毒，我們為何不能在那件肚兜上動點手腳？」

一直未曾開口的葉曉嵐竟然接道：「當然可以。」

胡歡不禁嚇了一跳，道：「咦！你不是已被葛半仙嚇暈了嗎？怎麼忽然又甦醒過來？」

葉曉嵐笑嘻嘻道：「誰說我嚇暈了？我不過在想對付他的方法而已。」

胡歡道：「想到了嗎？」

葉曉嵐道：「當然想到了，只要孫兄能替我牽制葛半仙一下，我就有辦法把那只手套換過來。」

孫不群立刻道：「你說，你要多少時間？」

葉曉嵐道：「你能給我多少時間？」

孫不群不慌不忙地倒了杯酒，緩緩地喝了下去，道：「夠不夠？」

葉曉嵐大喜道：「夠，太夠了！」

孫不群杯子一放，手掌已然伸出，幾乎伸到胡歡鼻子上。

× × ×

一行五騎在侯府門人的指引下，行進更加快速，傍晚時分已到漢川對岸的一個小鎮。

五人進入侯府事先安排好的客店，沒過多久，酒筵便已開上來，接連上了十幾道菜，道道都是江浙名味。

楊欣招來個一臉精明相的小二，含笑道：「伙計，差不多了，我們只有五個人，如何吃得下這許多菜？」

店小二笑呵呵道：「各位不必客氣，我們盛樓主得知各位要來，特從對岸帶來二十四道名菜。現在才不過上了一半，還早得很，請慢慢享用吧。」

五人一聽，不禁相顧駭然。

秦官寶緊張兮兮道：「胡叔叔，他們是錦衣第七樓的人。」

胡歡淡淡道：「哦。」

秦官寶道：「看樣子，我們好像掉在人家的陷阱裡了。」

店小二立刻笑道：「這位小哥言重了，我們樓主誠心誠意為各位接風，怎能說是陷阱呢？」

楊欣突然道：「這裡的陳掌櫃和幾名伙計呢？」

店小二「吃吃」笑道：「聽說是吃壞了肚子，現在都在裡面躺著休息。」

楊欣五人頓時停杯住筷，秦官寶急忙在茶中試毒，而孫不群卻拿起了酒壺，仔細察看了一遍，道：「沒問題，喝！」說著，替每人斟了一杯，自己領頭喝下去。

胡歡也一飲而盡，道：「我想也不該有問題，他的目的是那批黃金，在完全絕望之前，他應該不會跟我翻臉才對。」

楊欣笑笑道：「而且有毒手郎中在座，使藥用毒均非智者所為。『鐵掌無敵』盛雲鵬是個老狐狸，想必不至於糊塗到如此地步。」

胡歡道：「問題是他遲遲不肯出面，躲在後面幹什麼？」

秦官寶突然悄悄道：「他在生氣。」

胡歡訝然道：「你怎知道他在生氣？」

秦官寶道：「我聽到他的心跳聲，二十八個人只有一個人坐著，那人一定是他。」

葉曉嵐忽道：「他坐在哪裡？」

秦官寶道：「就坐在後堂的正中央……」

語聲未了，但覺陰風掠面而過，葉曉嵐衣袖一抬，桌上已多了一疊銀票和一隻小小的扁圓紅瓷瓶。

葉曉嵐瞧著那疊銀票，嘆了口氣，道：「有這許多銀票，何必還要黃金？這盛雲鵬也未免太想不開了。」

說話間，拿起了那只小瓷瓶，剛想揭開瓶蓋，孫不群已喝道：「不要打開！那是苗疆的『一嗅神仙倒』，只要嗅一下，便會沉睡六個時辰，冷水都潑不醒。」

話剛說完，一陣暢笑之聲已自後堂傳出。

只見盛雲鵬在錦衣樓徒眾簇擁下闊步而出，直走到胡歡身旁，像老朋友般拍拍他的肩膀，笑呵呵道：「胡老弟，你這群朋友真厲害，老夫只有認栽！」

胡歡笑瞇瞇道：「金子也不想要了嗎？」

盛雲鵬哈哈一笑，道：「金子不能不要，朋友也不能不交。」一面說著，一面已坐在胡歡旁邊，不慌不忙地倒了杯酒，道：「來，我敬各位一杯！」

胡歡笑笑道：「如果樓主還想要金子，最好趕緊採取行動，再無謂的浪費時間，恐怕就來不及了。」

盛雲鵬道：「我這不是正在行動嗎？」

胡歡苦笑道：「想挾持我是沒有用的，要是有用，像日月會、大風堂、侯府以及蜀中唐門等門派早就動手了，如何輪得到你們錦衣第七樓！」

盛雲鵬得意洋洋道：「每個人的福分不同，說不定別人千方百計得不到的東西，就會輕而易舉的落在我們手裡。」

胡歡嘆道：「也說不定大好的機會，又輕而易舉的從你手裡溜走。」

盛雲鵬咳了咳，道：「什麼機會？」

胡歡道：「賺金子的機會。」

盛雲鵬道：「怎麼賺？」

胡歡道：「難道你沒發覺其他幾個門派這幾天在幹什麼？」

盛雲鵬道：「你想讓我去找神衛營的人拚命？」

胡歡道：「想賺金子，就得拚命。」

盛雲鵬搖搖頭，道：「很抱歉，這種事我不能幹。上面給我的命令是抓人，不是殺人，我只要把你帶回去，就算大功告成。能不能賺到金子，那是另外一碼事，與我完全無關。」

胡歡淡淡地笑了笑，道：「你的想法倒也不錯，不過，你們上面如果發現那批金子已被別人分走，你猜他們會怎麼樣？」

沒等盛雲鵬回答，楊欣便已唉聲嘆氣道：「我想他們一定很生氣。」

葉曉嵐立刻接道：「可能氣得不得了。」

秦官寶也搶著道：「很可能會氣瘋。」

孫不群卻大搖其頭道：「我看不會。」

秦官寶詫異道：「為什麼？」

孫不群道：「因為你胡叔叔根本就沒空陪他回去。」

胡歡忙道：「對對對，我這兩天忙得很，實在抽不出時間來。」

盛雲鵬聽得氣極反笑，道：「胡老弟也真會開玩笑，事到如今，陪不陪我回去，還由得你作主嗎？」

胡歡道：「腿長在我身上，不由我作主，由誰作主？」

盛雲鵬冷笑道：「當然得由我作主。」

說話間，身形一個倒翻，竟然帶著椅子翻出兩丈開外，手掌猛的一揮，道：「給我拿下！」

站在廳中的二十七名大漢卻動也沒動。

盛雲鵬怒喝道：「我叫你們拿人，你們聽到沒有？」

那二十七個人依然沒有動，也沒有人應聲。

盛雲鵬盛怒之下，朝距離他最近的那人一腳踢了過去。

那人吭也沒吭一聲，便直挺挺地往前倒去，剛好撞在前面一人身上，前面那人又撞上了另一個人。

只聽「砰砰」之聲不絕於耳，二十七人竟如骨牌般相繼倒了下去，個個沉睡如死，有的竟已開始發出均勻的鼾聲。

盛雲鵬這才想起那瓶「一嗅神仙倒」，只見那只小瓷瓶仍舊放在桌上，卻不知何時瓶蓋已被人打開，毫無疑問，裡面的藥早已跑光。

五人也仍舊坐在那裡，每個人都在似笑非笑地望著他，每個人都是一臉得意的神色。

盛雲鵬長長嘆了口氣，道：「毒手郎中果然不凡，居然把解藥事先便已合在酒裡，實在令人佩服。」

孫不群道：「由此可見你並不糊塗，希望你也不要再做糊塗事，否則徒增傷亡，對雙方都沒有好處。」

說完，五人同時起身，朝外便走。

盛雲鵬突然道：「等一等。」

五個人不約而同的回過頭，一聲不響地望著他。

盛雲鵬道：「你們是否打算過江？」

胡歡道：「不錯。」

盛雲鵬道：「浪子胡歡，你要特別當心。申公泰那批人剛剛過去不久，你可千萬不能死在他們手上，否則我就沒有翻本的機會了。」

胡歡道：「想翻本就馬上召集你的人馬跟過來，這已是最後的機會，但願你這次莫再錯過。」

說罷，五人相顧把頭一點，轉身大步而去。

五

夜，無星無月。

寬廣的莊院已被漫天大火映得一片通紅，莊院四周血跡斑斑，顯然在不久前曾有過一場血戰。

五人剛一下馬，已有人大喊道：「浪子胡歡來了！」

喊聲方住，一個白髮蒼蒼的老者已奪門而出，竟是丐幫的簡長老。

胡歡訝然道：「長老不是要回開封嗎？怎麼會在這裡？」

簡長老攤手嘆道：「我本來是要回總舵的，可是得知汪大小姐幾個徒弟身臨危難，我能不救嗎？」

胡歡大驚道：「結果怎麼樣？」

簡長老昂然道：「結果我們用四十一條人命，把申公泰嚇跑了。」

胡歡又是一驚，道：「四十一條人命？」

簡長老道：「不錯，我丐幫雖然沒有勝過他的刀，卻有他永遠也殺不完的頭。」

他緩緩道來，語調凜凜，聽得眾人個個熱血沸騰。

胡歡咬牙切齒道：「簡長老，你放心，這四十一條人命，我發誓會替你加倍討回來！」

簡長老凝視著他，道：「好，浪子胡歡，一切都看你的了。」

就在這時，門裡忽然傳出一陣輕輕哭泣聲。

胡歡上前一看，赫然是杜雪兒，不禁心驚肉跳道：「杜姑娘，妳怎麼了？」

杜雪兒掩面悲哭道：「我二師姐恐怕不行了。」

胡歡一顆心猛的往下一沉，道：「沈貞？」

杜雪兒點頭。

胡歡提起她的手臂，喝道：「走，帶我去看看！」

沈貞睜開無神的眼睛，勉強向胡歡擠出了一絲笑意。

房裡的光線很暗，空曠的房中只有一盞油燈，沈貞就躺在燈下，身上蓋了一件大紅的披風，但臉色看起來依然白得發青。

胡歡蹲在她身邊，輕輕道：「妳覺得怎麼樣？」
沈貞垂淚道：「時間好像差不多了。」
站在一旁的李艷紅、孫秋月和杜雪兒不約而同地衝出房外，失聲痛哭起來。
胡歡掀開披風一角一看，眉頭不禁猛的一皺，但他隨即換了個笑臉，輕鬆道：「妳窮緊張什麼？這點小傷，怎麼可能死人？」
沈貞嘆了口氣，道：「師伯不必再安慰我，我知道我的傷勢是絕對沒救了。」
胡歡忙道：「妳先不要洩氣，『毒手郎中』孫不群就在門外，我們何不請他瞧瞧再說？」
說完，大步出房，剛想高聲大喊，手臂已被人拖住。
他這才發覺楊欣、孫不群、葉曉嵐和秦官寶都躲在暗處，每個人都垂著頭，一臉無可奈何的樣子。
沒等胡歡開口，孫不群已愁眉苦臉道：「胡老弟，實在對不起，唐門之毒，十有八九我都能應付，唯有唐老么的斷魂砂，我是一點辦法也沒有。」

胡歡駭然道：「你說沈貞中是的斷魂砂？」

孫不群點頭、嘆氣。

一旁的三女哭得愈加悲切。

胡歡心裡難過極了，但他還是走進房裡，神色自若的在沈貞旁邊坐下來。

沈貞又嘆口了氣，道：「其實我一點都不怕死，我只是心裡還牽掛著一件事，好像有點死不瞑目的感覺。」

胡歡忙道：「什麼事？妳說！」

沈貞道：「師伯，我現在已是快死的人了，你總可以放心告訴我那塊玉珮上刻的是什麼字了吧？」

她眼淚汪汪道來，縱是鐵石心腸的人也難以回絕，何況是一向心腸最軟的胡歡？

秦官寶突然「噓」了一聲，像老僧入定般在院中坐下來。

三女悲聲立止，回首楞楞地望著他。

楊欣、孫不群和葉曉嵐也一同屏住呼吸，目光東瞧西望，還以為又發生了什麼情況。

過了很久，秦官寶才慢慢坐起，一臉狐疑之色。

葉曉嵐走過去，悄聲道：「官寶，你聽到了什麼？」

秦官寶道：「奇怪，在這種時候，胡叔叔怎麼還有心情吟詩？」

李艷紅神色一動，道：「什麼詩？」

秦官寶抓著頭，道：「我也搞不清楚，好像又有什麼茶當酒，又有什麼窗前月的。」

李艷紅想了想，道：「寒夜客來茶當酒，竹爐湯沸火初紅；尋常一樣窗前月，若有梅花便不同。」

秦官寶截口道：「對對對，就是這四句。」

李艷紅欣喜若狂道：「原來那塊玉珮上刻的是杜耒的《寒夜客來》詩，詩裡剛好嵌著師父的名字。」

秦官寶喃喃道：「想不到胡叔叔竟真的是南宮胡家的後人。」

這時，李艷紅忽然在孫不群面前跪下來，哀聲道：「孫師伯，請你救救我師妹吧！她今年才十九歲，而且，她一向最關心師父和胡師伯的事，如果現在死了，她一定死不瞑目。孫師伯，無論如何，請你救救她吧！」

說話間，孫秋月和杜雪兒也已跪倒，連秦官寶也糊裡糊塗跟著跪在地上，臉上那副企求之色，似乎比三女還來得急切。

孫不群長嘆一聲，道：「如果我能救，早就救了，還要等你們來求我嗎？」

說著，挽起衣袖，揭開一層油紙，露出一截潰爛斑斑的肩膀，道：「你們看，這就是老唐么的傑作。這片傷已跟我十幾年，如果我能治，還會拖到今天嗎？」

李艷紅道：「可是孫師伯直到現在還活著。」

孫不群道：「你們有所不知，我這十幾年活得比死更痛苦，如非身受侯爺大恩未報，我早就自我解脫了。」

李艷紅道：「只要能讓她活著，再痛苦也沒關係。孫師伯，求求您，請您答應我們吧！」

那委婉的哀求聲，連一旁的楊欣和葉曉嵐都已感動，兩人目光也有了企求之色。

孫不群在萬般無奈的情況下，只好從行囊中取出針包，直向房中走去。

燈火搖曳，人影晃動。

孫不群手中十二根金針剎那間已刺下六針。就在他指按沈貞心窩，第七根即將刺下之際，金針忽然停在兩指之間。

除了緊閉雙眼的沈貞之外，幾乎每個人的目光都帶著迷惘的神色投在孫不群的臉上。

孫不群金針一收，逼視著胡歡道：「胡老弟，你方才可曾給她服過藥？」

胡歡不得不點頭。

孫不群道：「什麼藥？」

胡歡一聲不響地將唐盛菊給他的荷包遞過去，心裡卻直在打鼓。

孫不群取出一顆丹丸，嗅了嗅，舔了舔，又嚼了嚼，好像意猶未盡，又取出一顆投入口中，閉目調息片刻，突然興奮地跳起來，振臂大喊道：

「我得救了！我的傷得救了！」

胡歡急忙問道：「沈貞的傷怎麼樣？」

孫不群笑呵呵道：「我的傷都有救了，她的傷還有什麼問題！」

此言一出，房裡所有的人個個笑口大開，倒把剛剛進來的簡長老嚇了一跳。

胡歡立即迎上去，道：「長老可有什麼吩咐？」

簡長老回手一指，道：「外面有個人要見你。」

胡歡一怔，道：「是誰？」

簡長老道：「錦衣第七樓的『笑裡藏刀』丁俊，這人詭詐得很，你可要多加小心。」

胡歡點點頭，回望了楊欣一眼，兩人急急奔了出去。

黑暗的院落中，果見一個身影直挺挺地站在那裡，兩人走近一瞧，才認出竟是傍晚方才見過的那名店小二。

胡歡笑笑道：「原來你就是『笑裡藏刀』丁俊，真是失敬得很。」

丁俊笑嘻嘻道：「胡兄只管放心，在下對自己人是從來不藏刀的。」

胡歡道：「自己人？」

丁俊道：「不錯，我們樓主本想依胡兄之言跟過來，但卻意外發現了申公泰那批人的行蹤。我們樓主已悄悄追了下去，特命在下趕來請示一聲，下一步我們該怎麼辦？」

胡歡忙道：「不敢，請丁兄回去轉告盛樓主，請他設法把那批人儘量往南引……」

一旁的楊欣突然截口道：「最好在後天晚上能把他們引進神仙嶺附近的楊樹林，入林之後，自有侯府的人接應你們，以後的事就看我們了。」

丁俊道：「後天晚上，神仙嶺，楊樹林。」

楊欣道：「不錯。」

胡歡忙道：「還有一件事務必上告盛樓主，教他千萬不可與那批人正面衝突，以免傷亡過重，到時候沒有人手搬黃金。」

丁俊哈哈大笑道：「浪子胡歡，我就是欣賞你這種凡事都為人著想的個性，等這件事完成之後，我會找你好好的喝幾杯。」說完，身形一晃，已躍出牆外。

胡歡想了想，忽然走到門口，悄悄叫了聲：「李姑娘！」

李艷紅悄悄地走過來，靜靜地望著胡歡，就好像正在欣賞一件寶物似的。

胡歡急忙往後縮了縮，道：「妳師父呢？」

李艷紅道：「還在新安渡等我們。」

胡歡道：「妳最好馬上趕回去，免得妳師父牽掛。」

李艷紅遲疑道：「可是沈師妹怎麼辦？」

胡歡道：「如果妳不怕單身趕路，妳可以請妳兩位師妹留下來照顧她。」

李艷紅含笑頷首道：「好，我準備一下，馬上啟程。」

她稍許沉吟了一下，悄聲道：「師伯可有什麼話要我轉告師父？」

胡歡咳了咳，道：「請妳告訴妳師父和馬師伯，後天晚上務必要趕到神仙嶺西的楊樹林。一路上要特別當心，申公泰就走在妳們前面。」

楊欣立刻接道：「還有一件事情，妳告訴汪大小姐，後天夜裡凡是進入楊樹林的人，最好是穿白色的衣服。」

李艷紅詫異道：「為什麼要穿白色的衣服？」

楊欣道：「後天是臘月十六，月亮正圓，楊樹林的樹幹和落葉原本就是灰色白色，經月光一照，整座樹林會變得一片銀白，是以穿白色的衣服最容易藏身。」

胡歡失笑道：「楊兄，你有沒有搞錯？請你看看今晚的天氣，後天不下雨已經不錯了，哪裡還會有月亮？」

楊欣笑瞇瞇道：「你放心，後天子夜過後，月亮一定會出來。」

胡歡道：「你怎麼知道的？」

楊欣道：「這是我們金總管推算的，金總管精通天文，他的推算絕對錯不了。」

六

臘月十六，神仙嶺，楊樹林。

子夜過後，林裡林外依然一片昏暗。

沒有月亮，只有風，寒風捲動枯葉，發出一波又一波的聲響，有如江濤拍岸，無止無休。

胡歡躲在一棵高大的樹幹下，他入林已大半個時辰，已轉換過二十幾棵樹幹，至今仍一無所見，唯一能看到的，就是自己一身雪白的衣裳。

他忍不住又開始咒罵金玉堂，每當轉換一棵樹幹，他就罵一次，前後已罵了不止二十八九次。

現在，他又打算轉到另一棵樹下。就在剛想撲出之際，前面不遠的地方陡然傳來一聲慘叫，靜夜中聽來，顯得格外驚心。

他毫不猶疑地衝了過去，因為至少他知道那個地方有人，但當他趕到時，一切早已歸於沉寂，除了少許血腥氣味之外，再也看不見任何東西。

於是他又咒罵了金玉堂一遍。

突然，樹幹後面有個少女道：「您……是胡師伯？」

聲音雖然陌生，卻是汪大小姐徒弟的口吻。

胡歡大喜道：「妳師父呢？」

那少女道：「還在前面。」

話沒說完，胡歡已躥到另一棵樹下。

幾乎同一時間，另一個身影也尾隨而至，只聽一個熟悉的聲音道：

「師伯，我是李艷紅。」

胡歡頓時鬆了口氣，急忙道：「李姑娘，快帶我去找妳師父，我有重要的事要告訴她。」

李艷紅「噓」地一聲，道：「師伯小心，那幾個硬點子可能都在附近。」

胡歡突然覺得一陣慚愧，他發覺自己並不如想像中那麼偉大，在這種逆境中，表現得反而沒有年輕女孩子們沉著。

同時他也不禁聯想起更年輕的秦官寶，他後悔當時沒有把他帶來，如果有他在場，又何必在乎有沒有月亮？

一想到秦官寶，胡歡立刻將耳朵緊緊貼在地上，結果耳朵雖沒有聽到什麼，眼睛卻意外發現一團黑影忽然自天而降。

他已無暇思索，陡地縱身拔劍，一腳蹬開李艷紅，使盡全力的一劍揮了出去。

慘叫聲中，那團黑影結結實實的摔在兩人原先站腳的地方，胡歡的身體也已連翻帶滾的栽了出去，只聽「咚」地一聲，腦袋竟剛好碰在一棵冷冰冰的樹幹上。

只痛得胡歡整個身子扭成一團，連眼淚鼻涕都淌下來。他雙手抱頭，心裡又在咒罵金玉堂，幾乎把所有惡毒的字眼全都罵光，而且他發誓，明天非給那傢伙好看不可，只要他還能活到明天。

冷風頻吹，枯草輕拂著他的手臂，似慰問，似戲謔，又彷彿在提醒他，教他提高警覺。

他忽然鬆開抱頭的雙手，睜大眼睛，因為他發覺冷風中竟有一股淡雅的幽香。

眼前仍舊是一片昏暗，只隱隱感到有片灰白的東西正在眼前飄舞。他順手一撈，竟是一片長裙的裙角。

一定又是汪大小姐的徒弟。

他忍痛嘎聲道：「妳師父呢？」

只聽一個又優雅又柔和的聲音輕輕道：「你是浪子胡歡，還是他的朋友？」

胡歡一怔，猛然抬首，凝視著一個朦朧身影，喃喃道：「妳是汪大小姐……還是她的徒弟？」

其實他分明已知對方是汪大小姐，卻不知為何偏要多加上一句。

汪大小姐並沒有立即回答，過了許久才道：「想不到我們初次見面，竟會在這種地方！」

胡歡苦笑道：「這也能算是見面嗎？」

汪大小姐又沉默了一會，道：「現在子時已過，也許月亮馬上就要出來了。」

胡歡恨恨道：「也許那傢伙叫我們等的不是月亮，而是明天早上的太陽。」

江大小姐道：「你不要心急，我們可以慢慢等的，等到天亮也無所謂，反正時間拖得愈久，對我們愈有利。」

胡歡一怔，道：「為什麼？」

汪大小姐道：「因為我們還年輕，我們有耗下去的本錢，而他們卻沒有。」

胡歡嘆道：「妳比我有耐性多了，難怪妳能創出如此高明的槍法，又能教出這麼多高明的徒弟。」

汪大小姐即刻道：「我這點成就根本算不了什麼，倒是你能運用一張真假未辨的藏金圖，竟在短短幾天之內，將幾個彼此敵對多年的門派結合在一起，僅僅這分機智，就不是一般人可以比得上的。」

胡歡聽得心裡開心得要命，嘴上卻淡淡道：「那也只不過是適逢其會罷了，根本不足為奇。」

汪大小姐道：「你也不必太謙虛，說實在的，我和我的徒弟們都對你佩服得不得了。」

胡歡笑笑道：「妳的徒弟們佩服我，是因為她們想討妳歡心，而妳……」

一提到汪大小姐的徒弟，他才猛然想起自己的目的，急忙道：「妳一共帶了幾個徒弟進來？」

汪大小姐道：「五個。」

胡歡道：「夠了！只要我一衝出去，妳馬上叫她們跟上來。」

汪大小姐道：「你要幹什麼？」

胡歡道：「殺葛半仙和唐老么。」

汪大小姐似乎被嚇呆了，久久沒有吭聲。

胡歡道：「妳放心，這是我們早就做好的圈套，絕對不會出問題。」

汪大小姐道：「那麼我呢？」

胡歡道：「妳得替我們擋住申公泰。記住，只能擋，可不能真的拚命。」

汪大小姐道：「為什麼不能拚命？」

胡歡道：「跟申公泰拚命是神刀侯老爺子的事，我們做晚輩的，怎麼可以搶了人家的光彩？」

×　×　×

夜更深，風更冷。

胡歡坐在汪大小姐的身邊，聽她輕聲細語陳述著許多閨中趣事，幾乎忘了身在險境，當然也不會覺得寒冷。

也不知過了多久，天邊忽然閃起一片亮光，剎那間，林中變得一片銀白，十丈方圓清晰可見。

月亮終於出來了。

胡歡精神大振，目光立刻落在汪大小姐的臉上。

汪大小姐也正在望著他，端莊秀麗的臉龐帶著一抹紅暈，柔和的眼波猶如醉人的春風，使人當之欲醉。

胡歡的確有點醉了，不但心跳加快，而且頭腦一片昏沉。

汪大小姐詫異道：「你怎麼啦？」

胡歡晃了晃頭，回手將劍抓在手裡。

只聽遠處有人叫道：「唐老么，我好像中了毒！」

那聲音顯然正是出自葛半仙之口。

胡歡喊了聲：「快！」瘋狂般的奔了出去。

汪大小姐師徒也分別從不同的方向衝出。

就在胡歡奔近葛半仙藏身之處時，唐籍陡然出現，正好攔住他的去路。

胡歡好像根本就不把他看在眼裡，筆直地向他撲去。

只見唐籍飛快地取出手套，熟練地套在手上，手套剛剛插入裝放毒砂的皮袋，整個人忽然僵住，滿臉俱是恐怖之色，剛想張口呼叫，胡歡的劍已插入他的心臟。

同時葛半仙也被李艷紅從樹幹後面推出來，仰天栽倒在地上，鮮血如箭般噴射出來，轉瞬間便已氣絕身亡。

而這時，汪大小姐卻在連連後退，申公泰一把精鋼寶刀威猛絕倫，銳不可當，幾次都險些將她的無纓槍震得脫手帶出。

胡歡毫不顧慮地撲上去。

申公泰沒等他撲到，便捨棄汪大小姐，疾如閃電般向他攻來，好像對他比對汪大小姐更感興趣。

兩人揮刀舞劍，一閃而過，胡歡衝出很遠才停下腳步，只覺得大腿猛的一陣劇痛，一屁股坐在地上。

汪大小姐立刻飛奔過去，道：「你受傷了？」

胡歡「嗯哼」一聲，雪白的褲管很快便已染紅。

汪大小姐把槍往地上一插，撕下一條裙襬，將他的大腿緊緊綁住。只痛得胡歡齜牙咧嘴，冷汗直流。

申公泰卻尖聲大笑道：「汪大丫頭！實在抱歉，妳尋找多年的老公，只怕要報銷了。」

胡歡大怒道：「放你媽的狗臭屁！你老子還活得好得很……」

還沒容他罵過癮，嘴巴已被汪大小姐捂住，他這才發現李艷紅等人都已趕了來，只好把滿肚子的髒話硬給嚥了回去。

申公泰又已尖叫道：「姓汪的丫頭！妳是等我殺過去，還是乖乖過來跟我決一死戰？」

汪大小姐霍然站起，正想抓槍，卻已被人攔住，同時只覺得頭上一

暗，一個瘦小的老人已掠頂而過，輕飄飄地落在申公泰面前。

不必胡歡引見，汪大小姐已不難猜出那瘦小老人便是「神刀」侯義，那個阻止她抓槍的面帶微笑的中年人，必是「神機妙算」金玉堂無疑。

只聽神刀侯笑呵呵道：「要想決一死戰，侯某奉陪，不必欺負人家一個後生晚輩。」

申公泰獰笑道：「姓侯的，你終於露面了。」

神刀侯道：「你怕不怕？」

申公泰道：「我只怕你死得太慢。」

神刀侯道：「那是當然的，我敢跟你打賭，我一定會死在你後面，你相不相信？」

申公泰冷笑道：「當然不信……」

沒等他說完，神刀侯身形一晃，已「唰」地一刀劈了出去。

汪大小姐瞧得連連搖首道：「這位老人家倒也乾脆，說幹就幹。」

金玉堂道：「我家侯爺最多也只能打打前鋒，後面就要靠妳汪大小姐了。」

汪大小姐微微怔了一下，道：「靠我？」

金玉堂道：「不錯，中公泰天生臂力驚人，刀路剛猛無比。我家侯爺刀法雖然精妙，卻因年老氣衰，已不耐久戰，只希望能在百招之內先消耗他一些氣力，或是拚個兩敗俱傷的局面，然後就得仰賴妳那套神奇的槍法把他留下來了。」

汪大小姐道：「既然如此，我們何不現在就聯手將他除掉？」

金玉堂道：「千萬不可！如果不小心把他嚇跑，我們全部的計畫就通通付諸東流了。」

胡歡立刻接道：「所以妳最好能夠把握時機接手，千萬不要被他跑掉。」

汪大小姐默默地望著胡歡，終於緩緩地點了點頭。

胡歡想了想，道：「盡可能不要跟他的刀接觸，他那口刀的力道實在大得出奇。」

汪大小姐道：「你放心，我早有準備。」

胡歡忽然嘆了口氣，道：「如果我的劍再重一點，方才也就不會受傷了。」

金玉堂道：「等你的傷復原之後，我替你選一把劍，跟當年胡大俠所使用的同樣重量的劍。」

胡歡搖首道：「不必了，我已經決定今後不再用劍。」

汪大小姐急道：「你不用劍用什麼？」

胡歡道：「我用鐵拐。你們以後不要再叫我浪子胡歡，叫我鐵拐胡就成了。」

汪大小姐師徒聽得都很難過，金玉堂卻依舊笑容滿面道：「胡老弟，別灰心，像你這點傷，瘸不了人的。等毒手郎中回來，不必用手，用腳都能把你這點傷治好。」

一旁的李艷紅突然「噗嗤」一笑，道：「那多臭！」

汪大小姐回首瞪了她一眼，自己也忍不住笑出聲來。

就在這時，場中的戰情已起了變化。

只見兩柄名冠天下的寶刀已然架在一起，神刀侯矮小的身子幾乎整個靠在申公泰寬闊的胸膛上。

申公泰的刀鋒在下，正在一分一分地往上捺，而神刀侯的刀卻拚命地朝下壓，全身的力氣全集中在手臂上。

突然間，神刀侯刀鋒一反，暴喝聲中，申公泰龐大的身軀當場栽倒在地，胸前被劃了一道長長的血溝。

神刀侯的刀已被震飛，身子也藉力倒翻回來。

金玉堂已然一衝而上，剛好將神刀侯托住，兩人踉蹌連退幾步，一起摔倒在距離胡歡不遠的地方。

胡歡連滾帶爬地趕過去一瞧，只見神刀侯胸膛間已血肉模糊，急忙叫道：「趕快封住他的穴道！」

神刀侯搖首道：「不用了，只希望汪大小姐快一點解決他，我實在不想死在他前面。」

這時汪大小姐早已衝出，同時申公泰也一躍而起，將腰帶解下，飛快的纏住胸部，不待汪大小姐衝到，便已揮刀迎了上來，舉動之剽悍，簡直懾人心魄。

轉眼十幾回合過去，申公泰的刀勢依然凌厲如故，而汪大小姐的槍法

卻愈來愈遲緩，就在第二十招上，手中的槍終於被鋼刀震得脫手飛出。

胡歡大吃一驚，正想喚人接應，另一桿槍已落在她手上。

誰知沒過幾招，第二桿槍也被震飛，而第三桿槍又已適時飛到。如此周而復始，幾乎每三五招就換一次槍。申公泰攻勢雖厲，一時卻也奈何她不得。

金玉堂忽然道：「如果每一刀都砍在空槍上，是不是一件很累的事？」

神刀侯嘆道：「我當初為何沒想到這一招？」

胡歡忽然明白，換槍竟是為了破解申公泰的刀法，他這才鬆了口氣，提在胸口的心也總算放下來。

汪大小姐滿場遊走，連連換槍，時間一久，申公泰的招勢終於漸漸緩慢下來，力道也顯然減弱了不少。

突然間，又是一桿槍疾射而至。

汪大小姐槍一沾手，便已刺了出去，連槍身都沒轉一下，因為這桿槍根本就是倒射過來的。

當申公泰發覺上當時，槍尖已刺進他的小腹。他急忙扔刀抓槍，雙手合力將槍桿握住，獰視著汪大小姐香汗淋漓的臉孔，厲聲喝道：「說！這一招是誰教妳的？」

汪大小姐不理他，只拚力想把槍尖再刺進幾分。

金玉堂卻已長鉤而起，道：「申公泰，你太沒有知人之明了，你為何不問問無纓槍是誰教她的？」

申公泰狠狠地瞪著他，道：「你是誰？」

金玉堂道：「在下便是人稱『神機妙算』的金玉堂。」

申公泰咬牙切齒道：「好，好，你自己趕來送死，那是再好不過了。」

金玉堂淡淡道：「在下不是趕來送死的，是來給你報信的。」

申公泰道：「什麼信？說！」

金玉堂道：「這次你帶出來的三十二名高手以及八十四名侍衛已全部殲滅，所以依在下之見，你還是趕緊死掉算了。你的心腹都已死光，你一個人活著還有什麼意思？何必要拖延時間？」

申公泰厲聲道：「你胡說！憑你們侯府這點實力，豈是我神衛營的敵手？」

金玉堂悠悠道：「申公泰，你的算盤打得太如意了。你當如今武林還跟過去一樣，任你個別宰割嗎？老實告訴你，那種日子已經過去了。你現在不妨睜大眼睛看一看，站在你四周的都是什麼人？」

也不知什麼時候，日月會的曹大元、楚天風、丐幫的簡長老、大風堂的莊雲龍、錦衣樓的盛雲鵬等人都已趕到，每個人都在凝視著場中的情況。

申公泰忽然昂首大笑，笑聲中充滿了悲忿和絕望。

就在笑聲截止的一剎那，陡聞胡歡嘶喊道：「當心他的左手！」

汪大小姐還沒搞懂是怎麼回事，申公泰鷹爪般的左掌已朝她臉上抓來。

就在這時，只見紅光一閃，一柄紅衣短刀擦過汪大小姐的粉頰，斜斜地刺進了申公泰的胸膛，申公泰伸出的五隻漆黑的利指，剛好停在汪大小姐的面前。

寒風頻吹，刀衣飄飄。

血紅的刀衣不斷輕拂著汪大小姐蒼白的臉，她的人已整個癱軟。

轟然一聲，申公泰終於倒了下去，汪大小姐也跟著跌坐在地上。

樹枝輕搖，玉流星飄然而下，走到申公泰跟前，拔出短刀，在鞋底上抹了抹，反手還進刀鞘。

胡歡大聲道：「玉流星，幹得好！」

玉流星吭也沒吭一聲，只似怒若怨的瞪視著他。

汪大小姐在李艷紅等弟子的扶持下，慢慢地走回來，走到一半，忽然回首道：「玉流星，謝謝妳救了我。」

玉流星冷冷道：「妳不必謝我，我是來殺人的，不是來救人的。」

汪大小姐嘆了口氣，在這種情況下，她除了嘆氣之外，還能幹什麼？

神刀侯的臉色更蒼白，氣息更微弱，而這時，他卻突然睜開眼，凝視著胡歡，道：「浪子胡歡，那張圖，你準備怎麼處理？」

胡歡道：「我本來想用那些金子蓋一座比侯府還大的莊院，舒舒服服的過一輩子，可是我看了侯老爺子這種捨身取義、為武林造福的作為，我忽然覺得過那種日子太沒有意義了。我想來想去，還莫如把它交給日月會用在反清復明的大業上比較理想，不知侯老爺子意下如何？」

神刀侯眼中有了淚光，點頭道：「好，浪子胡歡，我沒看錯你。」

他喘了口氣，又道：「玉堂呢？」

金玉堂忙道：「屬下在此。」

神刀侯道：「替我看看那傢伙死了沒有？」

金玉堂道：「早就去見閻王了。」

「我也該走了。」神刀侯吐了口氣，道：「請你轉告傳宗，叫他善待家人，善待所屬，更要善待朋友。一個人沒有朋友，就像樹沒有根一樣，大風一吹，就會倒下去的，就跟我……『神刀』侯義一樣。」

話剛說完，氣息已絕。

胡歡淚如泉湧般地淌下來，跟當初面對關大俠死時的心境全然不同，他唯一感到的，就是一種痛失良友般的悲傷。

也不知過了多久，他猛的抬起頭，望著楚天風道：「我請你來，只想問你一件事。」

楚天風道：「什麼事？你說！」

胡歡道：「你認為日月會中哪一位最值得信賴？」

楚天風道：「曹大元。」

胡歡立刻割開已被鮮血染紅的褲管，解下綁在腿上已被鮮血染紅的手帕，從手帕中取出血淋淋的藏金圖，雙手遞到到曹大元手上，道：

「曹大哥，反清復明不能只靠你日月會。就以這次對抗神衛營這批人來說，如非侯府、丐幫、大風堂、錦衣樓、蜀中唐門以及你們日月會的同心協力，誰也不敢說今日躺下的是哪一些人。這批藏金圖是從關大俠手中得來的，我現在交給你，一切你就看著辦吧！」

曹大元道：「胡老弟，你放心，這批金子不屬於任何人，而是屬於參預反清復明人士所共有。只要我把這批金子尋到，我必會召集在場的每個門派共商支配之策，你看怎麼樣？」

胡歡道：「好，但願你言而有信，切莫為了一己之私，再度引起武林紛爭。」

說話間，侯府子弟已取來擔架，將神刀侯的屍體和負傷的胡歡抬了起來。

就在眾人紛紛讓路之際，陡聞玉流星大聲喊道：「浪子胡歡，你騙我！」

在場所有的人全都楞住，每個人都睜大眼睛瞪著她。

玉流星理直氣壯道：「你說，你答應我那三成在哪裡？」

胡歡趴在擔架上，愁眉苦臉道：「妳不是已經拿走了嗎？……那三百兩銀子。」

玉流星尖叫道：「我不要銀子，我要金子！」

胡歡唉聲嘆氣道：「玉流星，妳要搞清楚，那批金子不是我的，縱然找到，我也無權給妳。」

玉流星竟然扭動著身子，大哭起來道：「我不管，我不管！」

胡歡望著旁邊的曹大元，作了個無可奈何的表情。

曹大元立刻道：「玉流星，妳今後已是人人敬仰的除奸大英雄，那些身外之物，又算得了什麼？」

玉流星邊哭邊道：「我不要做英雄，我要金子！」

眾人聽得個個搖頭，嘆息不已。

金玉堂也不禁嘆了口氣，道：「不要管她，誰勸也勸不好的。我們還是趕緊走吧，替浪子胡歡治傷要緊。」

胡歡的擔架終於在眾人簇擁之下緩緩朝林外走去，而胡歡的目光卻一直停留在悲哭中的玉流星身上。

月色淒迷，夜風更厲，玉流星的哭聲也更加淒切。

誰也不知她究竟是在哭金子，還是哭人，還是哭她自己飄零的身世。

第十三回　尾聲

神刀侯的喪禮在武林同悲的情況下終於過去了，崇陽又恢復了原有的平靜。

侯大少的背傷尚未痊癒，便已接管了侯府的門戶，而且已開始演練左手刀法。

侯府沒有神刀侯也得撐下去，而他就算沒有了右手，也得使刀，因為他是「武林第一刀」侯義的兒子。

金玉堂依然備受重視，但他的作風卻與過去全然不同，他儘量把職權分散開來，讓每個管事都能獨當一面，顯然他已做了抽身的打算。

大風堂的人馬很快就回去了，但莊雲龍卻單獨留下來，因為他要陪伴不良於行的胡歡，他把胡歡這個朋友看得比侯府更加重要。

錦衣第七樓是錦衣樓中最底下的一層，但盛雲鵬卻一點都不怕上面會怪罪他，因為他現在有夥伴，有朋友，而且還有個堂堂正正的理由。

至於丐幫的簡長老，心裡既高興又窩囊，高興的是每天都有天下最美味的叫花雞吃，窩囊的卻是自己做了一輩子的叫花雞，火候卻連秦官寶的一半都比不上。

在這次行動中最占便宜的就是秦官寶，他一夜之間，就從一個無名小卒，搖身一變而成為天下知名的風雲人物，連保定秦家本身都不得不對這個浪蕩子另眼相看。

最倒楣的人，恐怕就是「神手」葉曉嵐，不僅賭場連戰皆北，而且婚事也比以前逼得更緊，因為嚴家好像對他的興趣比以前更濃，於是他也只好比以前跑得更快。

汪大小姐師徒悄悄地回去了，連傷勢未癒的沈貞都已帶走。

護送汪大小姐師徒的差事，自然落在「蛇鞭」馬五和他那群能幹的弟兄肩上，這是汪大小姐師徒指定的，胡歡想把馬五留下來都不成。

秦十三時來運轉，又被賀天保調了回去。

水蜜桃的場子也在那個時候收起來，據說，她要到另外一個城市去闖碼頭，那個城市會不會是北京？

蜀中唐門居然也派了幾名弟子來轉了一下，雖然不夠隆重，但也足可顯示四先生已將過去的恩怨一筆勾消。

這次唯一沒有露面的就是玉流星，但她的存在與否，除了胡歡之外，誰又會在乎？

胡歡在可以一拐一拐走路的時候，就已搬回了聚英客棧。

侯大少雖然多少有點耿耿於懷，但對潘秋貴說來，卻是莫大的榮幸，也正因為胡歡住在此地，客棧的生意特別興隆，天天高堂客滿，座無虛席。

潘秋貴當然開心得不得了，只要每天讓他有銀子賺，好像連尋金子的消息都已不再重視，因為銀子是自己的，而金子卻是大家的。

胡歡的生活看起來就跟往常一樣，每天一拐一拐的裡外跑個不停，喝酒有人請客，聊天有人奉陪，因為凡是到聚英客棧來的，幾乎都是他新交的朋友，唯一不同的是，再也沒有人叫他浪子胡歡，每個人都稱他為胡大俠。

每當夜深人靜、獨對孤燈的時候，連他自己都不免懷疑，他究竟還是不是過去那個無牽無掛的浪子胡歡。

請續看于東樓《俠者》

附錄一

古龍的最後境界與願望

林清玄

古龍的桌子上擺著一幅昨夜練的字。

上面寫了兩句：

陌上發花，可以緩緩醉矣！

忍把浮名，換了淺斟低唱。

這幅字的最下方蓋了一個古龍自刻的印章，上刻「一笑」兩字。古龍說，這個印章很久以前送給另一位武林朋友倪匡，最近突然覺得自己的心境已到了「一笑」的境界，才向倪匡要了回來。

「其實，這幅字很能表現我現在的心情轉變，過去開懷痛飲是要掩飾內心的空虛，是『忍把浮名，換了淺斟低唱』裡面有忍才能換；後來不能喝酒了，是看到陌上的花也可以醉了，境界高了一層。現在呢！現在只有一笑，對任何事都一笑置之了。」古龍說。

我站在那幅字前玩味半天，彷彿看到多年老友心情的轉變，而，就是一笑，是經過多少大痛苦，才有的大解脫呢？

家中依然滿架是酒

去看古龍的那一天，台北正下著極細極細的小雨，天氣陰。

看到老友時，心中實在感慨，這個當年一口氣可以喝一瓶白蘭地的鐵錚錚的漢子，現在滴酒不沾，每天靠打點滴過日子，想起來，再蓋世的英雄都會引人心酸。

依然是滿架的酒，瓶上微佈著灰塵。

當年我到古龍家，總是走著進去，躺著出來，大醉一天。

依然是滿架的酒，架前的吧台冷清。

當年我到古龍家，不論何時總有人坐在吧台放飲高歌。

依然是滿架的酒，卻沒有可口的小菜。

當年在古龍家比酒，總有一些可口的小菜，如今做小菜的女主人早就離去了。

依然是……

古龍不飲酒，我也不飲酒了。

古龍不飲酒是因為渾身是病，一年內吐血吐了三次，喝杯酒成了生死攸關的大事；我不飲酒是因為在這個世界上，大俠凋零的凋零，退隱的退隱，一個人寂寞的喝著酒有什麼意思呢？

「其實，我不是很愛喝酒的。」古龍說：「我愛的不是酒的味道，而是喝酒時的朋友，還有喝過了酒的氣氛和趣味，這種氣氛只有酒才能製造得出來！」

這點我同意，但是過去我們不免喝得太多，古龍一次喝最多是喝了多少酒呢？

「我喝得最多的一次，是一夜裡喝了二十八瓶白蘭地，但不是我一個人喝，是五個人一起。」那麼是一個人喝了五瓶半，對與古龍相熟的朋友來說，這不算大數目，他過去每天平均喝兩瓶。

最奇怪的是，這樣縱酒二十年的人竟沒有酒精中毒，古龍說：「醫生覺得是奇蹟，因為我腦子還這麼清醒，手也不抖。」

對於酒，古龍的談興仍然很濃，他說：「想到酒，就想到過去一起喝酒的朋友。」

後悔嗎？

古龍一笑。

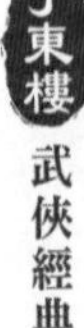

他的心被砍了一刀

這一笑的含義很深，因為再豪放的大俠，在生死邊緣上滾了幾趟，即使笑一笑都是複雜的。

幾年前，他在吟松閣被砍了一刀，腕上鮮血如泉噴湧，一個人身上有二千八百CC的血，他竟噴掉了二千CC，躺著的時候，聽到醫生說：「可能沒救了，我們盡力試試。」

不久後，他的心裡被砍了一刀，妻子帶著小孩離開，古龍如同死過一回，他說：「每天好不容易回到家裡，總是轉身又出去。每天做的只有一件事：喝酒！」

無酒竟已不能成眠，喝完酒還要吃鎮靜劑才能睡著，醒來時要吃興奮劑才能清醒。古龍平日就以酒代飯，有很長的時間，他每天吃得最多的是酒、鎮靜劑、興奮劑！

然後，是肝硬化，是脾臟腫大，是胃出血，第一回住院就吐了兩臉盆的血。出院三個月，以為沒事了，再喝，再住院，推進醫院時，醫生量血壓，高血壓只有八，古龍看到醫生搖頭說：「沒救了，推到別家去看！」再出院四個月，忍不住又喝，又住院的時候，一口血吐出來竟把整張床滿滿的染紅了，護士都被嚇得跑出去，後來醫生對他說：「沒看過人一口氣吐出像你這麼多的血！」

經過這三次，古龍才真正連一滴酒也不敢喝了。他說這幾年，不只是身體，連心情都是在生死邊緣上掙扎，「一個人死了五次再活過來，還有什麼事看不開呢？」

只不過真正不喝酒的時候，倒使古龍吃了一驚，原來一天有這麼長！過去除了睡覺，他大部份時間都在喝酒，每天有十二小時泡在酒裡，不喝酒的時候，他說：「好像一天多出了十二小時，長得不得了！」

十二小時做什麼呢？

還是回到武俠的世界來吧！好久沒有認真的寫小說了。

他想要一個全新的開始，創造一個新的武俠世界。

計畫寫一系列短篇

「我計畫寫一系列的短篇，總題叫做『大武俠時代』，我選擇以明朝做背景，寫那個專橫的時代裡許多動人的武俠篇章。每一篇都可以獨立來看，卻互相間都有關聯，獨立的看，是短篇；合起來看，是長篇，在武俠小說裡這是個新的寫作方法。」

之所以想到這種改變，一來是自己的體力也無法熬著寫長篇；二來是時代變了，現代人的生活已經沒有人有耐心看連載的長篇。

「以前寫連載，有時寫到八百多天才登完一個故事，寫的人有稿費可拿都很煩了，何況看的人呢？武俠小說不得不變，短篇可能是一條路，它可以更講結構、更乾淨、更俐落。」

最近讀古龍的短篇，發現他的境界和層次比以前更高，文字的使用也更淳了，去除了幾年前的那種煙火氣。

古龍覺得他是刻意使文字平淡單純一點，他說：「我十七歲開始做職

業作家，到現在卅年了，什麼文字不會耍呢？但是卅年了還在耍文字有什麼意思呢？文字技巧還是有的，只是爐火更純青了。」

而且，他強調現在比較走寫實的路線，古龍是外文系出身的，他受到西方寫實技巧的影響，尤其在病後讀了不少西方小說，使他改變了武俠小說的觀念，他說：「過去寫武俠都是憑空揑造，一出劍，劍還沒有看清楚就死了幾個人，身形一拔，就是幾十丈，現在我把這些不要了，儘量寫一些人力可及的事物，不耍花招，注意氣氛的蘊釀營造，講求結構的一氣呵成，合乎武俠的精神境界，同時又落實到寫實的世界。」

喜歡古龍小說的人，最近看他的小說，應該都發現了自從金庸與倪匡入侵後，這個台灣僅存的武俠小說大家，是如何在尋求新的突破！

古龍已經陸續完成了幾篇小說，他感慨的說：「我希望至少能再活五年的時間，讓我把『大武俠時代』寫完，我相信這會是提升武俠小說地位的作品，也會是我的代表作之一。」

像最近他為《時報周刊》寫的《獵鷹》和《群狐》就是他自己頗為滿意的作品。

酒色財氣都戒掉了

古龍不喝酒的生活是十分平淡而安靜的。

他每天五點半起床，看過早報，再喝杯牛奶，吃幾片餅乾，休息一下，構思正在寫的小說。

八點開始寫作，一直到十二點，工作四個小時。

中午到外面吃個飯，散步一個半小時。

下午靜養或讀書，偶有朋友來聊天。

晚上練毛筆字。

看這份時間表，簡直不像古龍，像是一個和尚，古龍說：「我現在的生活與和尚沒有兩樣，酒色財氣、吃喝嫖賭、聲色犬馬，這些我過去最喜歡的東西，現在都戒掉了，現在連脾氣都不發，你信不信！閒來無事，讀讀禪宗的書，看一點佛經，這不就是和尚的生活嗎？」

據古龍說，他回到這樣單純寧靜的生活，反而找到真正心靈的平安，即使在寂寞的時候，也感覺是充實的。尤其是腦筋清晰明淨，可以寫出真正有代表性的、好的武俠作品。像這幾天，離散了卅年的父親登報來找兒子，他也能淡然處之，他說：「我自己也離過婚，深知破碎的婚姻都有苦衷，經驗婚姻的失敗，每個人都會痛苦。那麼做兒子的，有什麼資格對上一代人的婚姻提出看法或評論呢？」

古龍形容自己遇到這件事的心情，就像走在路上，空中突然落下一個花盆打在你頭上，你有什麼選擇呢？你只能說幸好掉下來的是陶盆，不是鐵盆，甚至，幸好是花盆，而不是個起重機。

「要是以前遇到這樣的事，一定激動不已，喝幾天幾夜的酒，幾天幾夜睡不著覺，哪裡還能靜靜的坐在這裡聊天呢？」

對於自己心境的改變，古龍言下頗有欣慰之意，「一笑」不只是他現在的心情，也幾乎是他現在的人生態度。

他最感慨的是：「有這麼高的心情境界，有這麼深刻的澈悟，唯一遺憾的是失去了健康。」

其實，古龍雖比舊日清瘦，精神還是很健旺，笑起來仍然是聲震屋瓦，有當年的氣概和豪情，憑這股氣，「大武俠時代」應該可以寫得相當精彩的。

告辭的時候，我破了兩年來的例，喝乾了一大杯伏特加才走，離開的時候，我緊緊握著他的手說：「龍哥，保重！」

記得以前我告辭的時候，說的總是：「過兩天，再來喝酒。」

天母的黃昏不如從前那麼美了，走在路上，突然想起了柳永「鶴沖天」的整個後段來：

未遂風雲便，爭不恣遊狂蕩。

何須論得喪，才子詞人，自是白衣卿相。

煙花巷陌，依約丹青屏障；

幸有意中人，堪尋訪。

且恁偎紅依翠，風流事，平生暢。

青春都一餉，

忍把浮名，換了淺斟低唱。

附錄二

我對武俠小說的理念

古龍

一

在很多人心目中，武俠小說——非但不是文學，甚至也不能算是小說，對一個寫武俠小說的人說來，這實在是件很悲哀的事情，幸好還有一點事實是任何人都不能否認的——一樣東西如果能存在，就一定有它存在的價值。

武俠小說不但存在，而且已存在了很久！

關於武俠小說的源起，一向有很多種不同的說法：「從太史公的游俠列傳開始，中國就有了武俠小說。」這當然是其中最堂皇的一種，可惜接受這種說法的人並不多。

因為武俠小說是傳奇的，如果一定要將它和太史公那種嚴肅的傳記文學相提並論，就未免有點自欺欺人了。

在唐人的小說筆記中，才有些故事和武俠小說比較接近。

「唐人說薈」卷五，張鷟的「耳目記」中，就有段故事是非常「武俠」的。

「隋末，深州諸葛昂，性豪俠，渤海高瓚聞而造之，為設雞肫而已，瓚小其用，明日大設，屈昂數十人，烹豬羊等長八尺，薄餅闊丈餘，裹餡粗如庭柱，盤作酒碗行巡，自作金剛舞以送之。昂至後日，屈瓚所屈客數百人，大設，車行酒，馬行炙，挫碓斬膾，磑轢蒜齏，唱夜又歌獅子舞。瓚明日，復烹一雙子十餘歲，呈其頭顱手足，座客皆喉而吐之。昂後日報設，先令美妾行酒，妾無故笑，昂叱下，須臾蒸此妾坐銀盤，仍飾以脂粉，衣以錦繡，遂擘腿肉以啖，瓚諸人皆掩目，昂於乳房間撮肥肉食之，盡飽而止。瓚羞之，夜遁而去。」

這段故事描寫諸葛昂和高瓚的豪野殘酷，已令人不可思議，這種描寫的手法，也已經很接近現代武俠小說中比較殘酷的描寫。

但這故事卻是片斷的，它的形式和小說還是有段很大的距離。

當時民間的小說、傳奇、平話、銀字兒中，也有很多故事是非常「武俠」的，譬如說，盜盒的紅線、崑崙奴、妙手空空兒、虯髯客，這些人物就幾乎已經是現在武俠小說中人物的典型。

武俠小說中最主要的武器是劍，關於劍術的描寫，從唐時已比現代武俠小說中描寫得更神奇。紅線、大李將軍、公孫大娘……這些人的劍術，都已被渲染得接近神話，杜甫的「觀公孫大娘弟子舞劍器行」，其中對公孫大娘和她弟子十二娘劍術的描寫當然更生動而傳神。

號稱「草聖」的唐代大書法家張旭，也曾自言：「始吾聞公主與擔夫爭路，而得筆法之意，後見公孫氏舞劍器，而得其神。」

「劍器」雖然不是劍，但其中的精髓卻無疑是和劍術一脈相連的，由此可見，武俠小說中關於劍術和武功的描寫，並非無根據。

這些古老的傳說和記載，點點滴滴，都是武俠小說的起源，再經過民間的平話、彈詞和說書的改變，才漸漸演變成現在的這種形式。

二

彭公案、施公案、七俠五義，和「三俠劍」就都是根據「說書」而寫成的，已可算是我們這代所能接觸到的，最早的一批武俠小說。

可是這種小說中的英雄，大都不是可以令人熱血沸騰的真正英雄，因為在清末那種社會環境裡，根本就不鼓勵人們做英雄，老成持重的君子，才是一般認為應該受到表揚的。

這至少證明了武俠小說的一點價值：從一本武俠小說中，也可以看到作者當時的時代背景。

現代的武俠小說呢？

我有很多朋友都是智慧很高，很有文學修養的人，他們往往會對我道：「我從來沒有看過武俠小說，幾時送一套你認為最得意的給我，讓我看看武俠小說裡寫的究竟是什麼。」

我笑笑。

他們認為武俠小說並不值得看，現在所以要看，只不過因為我是他們的朋友，而且有一種好奇。他們認為武俠小說的讀者，絕不會是他們那階層的人，絕不會是思想新穎的高級知識分子。

他們嘴裡雖說要看，其實心裡早已否認了武俠小說的價值。

而他們根本就沒有看過武俠小說，根本就不知道武俠小說寫的是什麼。

我不怪他們，並非因為武俠小說的確給人一種根深蒂固的觀念，使人認為就算不看也能知道它的內容。

因為武俠小說的確已落入了一些固定的形式。——一個有志氣，「天賦異禀」的少年，如何去辛苦學武，學成後如何去揚眉吐氣，出人頭地。

這段經歷中當然包括了無數次神話般的巧合與奇遇，當然也包括了一段仇恨、一段愛情，最後是報仇雪恨，有情人成了眷屬。——一個正直的俠客，如何運用他的智慧和武功，破了江湖中一個規模龐大的惡勢力。

這位俠客不但「少年英俊，文武雙全」，而且運氣特別好，有時甚至

能以「易容術」化裝成各式各樣的人，連這些人的至親好友，父母妻子都辨不出他的真偽。

這種寫法並不壞，其中的人物有英雄俠士、風塵異人、節婦烈女，也有梟雄惡霸、蕩婦淫娃、奸險小人，其中的情節一定很曲折離奇，緊張刺激，而且很香艷。

只可惜這種型式已寫得太多了些，已成了俗套，成了公式，而且通常都寫得太荒唐無稽，太鮮血淋淋，卻忘了只有「人性」才是小說中不可缺少的。

人性並不僅是憤怒、仇恨、悲哀、恐懼，其中包括了愛與友情，慷慨與俠義，幽默與同情。

我們為什麼要特別著重其中醜惡的一面？

三

我們這一代的武俠小說，如果真是由平江不肖生的《江湖奇俠傳》開始，至還珠樓主的《蜀山劍俠傳》到達巔峰，至王度盧的《鐵騎銀瓶》和朱貞木的《七殺碑》為一變，至金庸的《射鵰英雄傳》又一變，到現在又有十幾年了，現在無疑又已到了應該變的時候！

要求變，就得求新，就得突破那些陳舊的固定形式，嘗試去吸收。

《戰爭與和平》寫的是一個大時代中的動亂，和人性中善與惡的衝突，《人鼠之間》寫的卻是人性的驕傲和卑賤，《國際機場》寫的是一個人如何在極度危險中重新認清自我，《小婦人》寫的是青春與歡樂，《老人與海》寫的是勇氣的價值，和生命的可貴。

這些偉大的作家們，用他們敏銳的觀察力，豐富的想像力，和一種悲天憫人的同情心，有力的刻劃出人性，表達出他們的主題，使讀者在悲歡感動之餘，還能對這世上的人與事，看得更深，更遠些。

這樣的故事，這樣的寫法，武俠小說也同樣可以用，為什麼偏偏沒有人用過？誰規定武俠小說一定要怎麼樣，才能算「正宗」！

武俠小說也和別的小說一樣，要能吸引人，能振奮人心，激起人心的共鳴，就是成功的！

有很多人都認為當今小說最蓬勃興旺的地方，不在歐美，而在日本。因為日本小說不但能保持它自己的悠久傳統和獨有趣味，還能吸收。它吸收了中國的古典文學，也吸收了很多種西方思想。日本作者能將外來文學作品的精華融會貫通，創造出一種新的民族風格的文學。

武俠小說的作者為什麼不能？

武俠小說既然也有自己悠久的傳統和獨特的趣味，若能再盡量吸收其他文學作品的精華，豈非也同樣能創造出一種新的風格、獨立的風格，讓武俠小說也能在文學的領域中佔一席之地，讓別人不能否認它的價值，讓不看武俠小說的人也來看武俠小說！

這就是我們最大的願望。

現在我們的力量也許還不夠，但我們至少應該向這條路上走去，擺脫一切束縛往這條路上走去。

現在我們才起步雖已遲了些，卻還是不太遲！

附錄三

不唱悲歌

古龍

這個世界上有很多種人，有的人喜歡追憶往事，有的人喜歡憧憬未來，但是也有些人認為，老時光並不一定就是好時光，未來的事也不是任何人所能預測的，只有「現在」最真實，所以一定要好好把握。

這種人並不是沒有事值得回憶，只不過通常都不太願意去想它而已。

往事如煙，舊夢難尋，失去的已經失去了，做錯的已經做錯了，一個人已經應該從其中得到教訓，又何必再去想？再想又有什麼用？

可是每當良朋快聚，在盈樽的美酒漸漸從瓶子裡消失，少年的豪情漸漸從肚子裡升起來的時候，他們也難免會提起一些往事，一些只要一想起就會讓人覺得心裡快樂得發瘋的往事，每件事都值得他們浮三大白。

讓人傷心失望痛苦悔恨的事，他們是絕不會去想的。他們總是希望自己能為自己製造一點歡愉，也希望別人同樣快樂。

不如意事十常有八九，人生中的苦難已經夠多了，為什麼還要自尋煩惱？我很瞭解這種人的想法和心情，因為我就是這種人。

現在我要說的這些事，每當我一想起，就會覺得好像是在一個零下八度的嚴冬之夜，冒著風雪回到了家，脫下了冷冰冰濕淋淋的衣服，鑽進了一個熱烘烘的熱被窩。

□　□　□

朋友和酒都是老的好。

我也很瞭解這句話，我喜歡朋友，喜歡喝酒，陪一個二十多年的老朋友，喝一杯八十年陳的白蘭地，那種感覺有誰能形容得出？

可惜在現代這種社會裡，這種機會已經越來越少了。

社會越進步，交通越發達，天涯如咫尺，今夜還在你家裡跟你舉杯話舊的朋友，明日很可能已遠在天涯。

我的運氣比較好，現在我還是可以時常見到很多很老很老的朋友。遠在我還沒有學會喝酒的時候，就已經認得他們。

淡水之夜

喝酒無疑是件很愉快的事，可是喝醉酒就完全是另外一件事了。

你大醉之後，第二天醒來時，通常都不在楊柳岸，也沒有曉風殘月。

你大醉之後醒來時，通常都只會覺得你的腦袋比平常大了五六倍，而且痛得要命，尤其是在第一次喝醉的時候更要命。

我有過這種經驗。

那時我在唸淡江（校名），在淡水，幾個同學忽然提議要喝酒，於是大家就想法子去「找」了幾瓶酒回來。

大概有五六個人，找來了七八瓶酒，中國酒、外國酒、紅露酒、烏梅酒、老米酒，雜七雜八的一大堆酒，買了一點鴨頭、雞腳、花生米、豆腐乾，先在一個住在淡水的同學用一百二十塊錢一個月租來的一間小破屋子裡喝，喝到差不多了，陣地就轉移到淡水海運的防波堤上去。不是楊柳岸，是防波堤。

那天也沒有月，只有星——繁星。

大家攏著酒瓶，躺在涼冰冰的水泥堤上，躺在亮晶晶的星光下，聽海風吹動波浪，聽海濤輕拍堤岸，你把酒瓶轉給他，他喝一口，他把酒瓶遞給我，我喝一口。

又喝了一輪之後，大家就開始比賽放屁，誰放不出就要罰一大口。

隨時都能夠把屁放出來絕不是件容易的事，身懷這種「絕技」的只有一個人，他說放就放，絕對沒有一點拖泥帶水的情況發生。

所以他拚命放屁，我們只有拚命喝酒。

那天大家真是喝得痛快得要命，所以第二天就難受得要命。

可是現在想起來，難受的感覺已經連一點都沒有了，那種歡樂和友情，那一夜的海浪和繁星，卻好像已經被「小李」的「飛刀」刻在心裡，刻得好深好深。

太保與白癡

我當然不是那位在「流星・蝴蝶・劍」上映之後，忽然由「金童」改名為「古龍」的名演員。

可是我居然也演過戲。

我演的當然不是電影而是話劇，演過三次，在學生時代學生劇團裡演的那種話劇，當然沒有什麼了不起。

可是那三次話劇的三位導演，卻真是很了不起，每一位導演都非常了不起。

——李行、丁衣、白景瑞。你說他們是不是很了不起？所以我常常喜歡吹牛，這三位大導演第一次導演的戲裡面就有我。

在這種情況下，這種牛皮我怎麼能不吹？

我想不吹都不行。

□　□　□

第一次演戲是在附中，那時候我是師範學院附屬中學初中部第三十六班的學生，李行先生是我們的訓育組長，還在和他現在的夫人談戀愛，愛得水深火熱，我們早就知道他們是會白首偕老、永結連理的。

那一次我演的角色叫「金娃」，是個白癡，演過之後，大家都認為我確實很像個白癡。

直到現在他們還是有這種感覺。

我自己也有。

□　□　□

第二次演戲我演的那個角色也不比第一次好多少，那次我演的是個小太保，一個被父母寵壞了的小太保。

那時候我在唸「成功中學」，到復興崗去受訓，第一次由青年救國團主辦的暑期戰鬥文化訓練。我們的指導老師就是丁衣先生。

現在我還是時常見到丁衣先生。他臉上有兩樣東西是我永遠都忘不了的。——一副深度近視眼鏡和一臉溫和的笑。

□　□　□

我也忘不了復興崗。

復興崗的黃昏

多麼美麗的復興崗，多麼美麗的黃昏。

復興崗當然絕不是只有在黃昏時才美麗。早上、晚上、上午、中午、下午，每天每一個時候都一樣美。

早上起來，把軍毯摺成一塊整整齊齊的豆腐乾，吃兩個減肥節食的人連碰都不能碰的白麵大饅頭，就開始升旗、早操、上課。

中午吃飯，吃得比平時在家裡最少多兩倍。

下午排戲，每個人都很認真，每一天每一個時候都過得認真而愉快。

可是我最忘不了的還是黃昏，復興崗的黃昏。

□ □ □

「黃昏時，你言詞優美，化做歌曲。」

有一個年紀比我大一點的女孩子，有一對小小的眼睛，一個小小的鼻子，一張小小的嘴，在黃昏的時候，總是喜歡唱這支歌。

她唱，我聽。

剛下了課，剛洗完澡，剛把一身臭汗洗掉，暑日的酷熱剛剛過去，絢麗的晚霞剛剛升起，清涼的風剛剛從遠山那邊吹過來，風中還帶著木葉的芬芳。

我陪她走上復興崗的小路上，我聽她唱，輕輕的唱。

她唱的不是一支歌，她唱的是一個使人永遠忘不了的夢。

現在想起來，那好像已經是七八十個世紀以前的事情，卻又好像是昨天的事。

直到現在，我還不知道那時候我對她究竟是一種什麼樣的感情，只知道那時候我們都很快樂，在一起既沒有目的，也沒有要求。我們什麼事都沒有做，有時甚至連話都不說。

可是我們彼此都知道對方心裡很快樂。

話劇演了三天，最後一天落幕後，台下的人都散了，台上的人也要散了。

我們來自不同的學校，不同的地方，在一起共同生活了五個星期，現在戲已散了，我們一排躺在舞台上，面對著台下一排排空座位。

就在片刻前，這裡還是個多麼熱鬧的地方，可是忽然間就已曲終人散，我們大家也要各分東西。——那天晚上跟我一起躺在舞台上的朋友們，那時你們心裡是什麼感覺？

那時候連我們自己也許都不知自己心裡是什麼感覺，可是自從那天晚上離別後，每個人都好像忽然長大了許多。

□　□　□

第三次演戲是在「成功」，我們的訓育組長是趙剛先生，演戲的導演卻是從校外請來的，就是現在的「齊公子」小白。

最佳讀者

白景瑞先生不但導過我的戲，還教過我圖畫，畫的是一個小花瓶和一隻大蘋果，花瓶最後的下落不明，唯一可以確定的是，蘋果絕沒有被人吃進肚子，因為那是蠟做的，吃不得。

直到現在，我還是稱白先生為「老師」，可見我們之間並沒有代溝。

我寫第一本武俠小說的時候，他在自立晚報做記者，住在李敬洪先生家裡，時常因為遲歸而歸不得，那時我住在他後面一棟危樓的一間斗室裡，我第一本武俠小說剛寫了兩三萬字時，他忽然深夜來訪，於是就順理成章的做了我第一位讀者。

前兩年他忽然又看起我的書來，前後距離達十八年之久，對一個寫武俠小說的人來說，這樣的讀者只要有一個，就已經應該覺得很愉快了。

從圖畫到文字

沒有寫武俠小說之前，我也像倪匡和其他一些武俠作者一樣，也是個武俠小說迷，而且也是從「小人書」看起的。

「小人書」就是連環圖畫，大小大約和現在的卡式錄音帶相同，一本大約有百餘頁，一套大約有二三十本，內容包羅萬象，應有盡有，其中有幾位名家如趙宏本、趙三島、陳光鎰、錢笑佛，直到現在，我想起來印象還是很鮮明。

陳光鎰喜歡畫滑稽故事，從一隻飛出籠子的雞開始，畫到雞飛、蛋打、狗叫、人跳、碗破、湯潑，看得我們這些小孩幾乎笑破肚子。

錢笑佛專畫警世說部，說因果報應，勸人向善。趙宏本和趙三島畫的就是正宗武俠了，《七俠五義》中的展昭和歐陽春，鄭證因創作的鷹爪王和飛刀談五，到了他們筆下，好像都變成活生生的人。

那時候的小學生書包裡，如果沒有幾本這樣的小人書，簡直是件不可思議的事。

可是不知不覺小學生都已經長大了，小人書已經不能再滿足我們，我們崇拜的偶像就從趙宏本轉移到鄭證因、朱貞木、白羽、王度廬和還珠樓主，在當時的武俠小說作者中，最受一般人喜愛的大概就是這五位。

然後就是金庸。

金庸小說結構精密，文字簡練，從《紅樓夢》的文字和西洋文學中溶化蛻變成另外一種新的型式，新的風格。如果我手邊有十八本金庸的小說，只看了十七本半我是絕對睡不著的。

於是我也開始寫了。

引起我寫武俠小說最原始的動機並沒有什麼冠冕堂皇的理由，而是為了賺錢吃飯。

那時我才十八九歲，寫的第一本小說叫《蒼穹神劍》。

從《蒼穹神劍》到《離別鉤》

那是本破書，內容支離破碎，寫得殘缺不全，因為那時候我並沒有把這件事當做一件正事。如果連寫作的人自己都不重視自己的作品，還有誰會重視它？

寫了十年之後，我才漸漸開始對武俠小說有了一些新的觀念、新的認識，因為直到那時候，我才能接觸到它內涵的精神。

一種「有所必為」的男子漢精神，一種永不屈服的意志和鬥志，一種百折不回的決心。

一種「雖千萬人吾往矣」的戰鬥精神。

這些精神只有讓人振作向上，讓人奮發圖強，絕不會讓人頹廢消沉，讓人看了之後想去自殺。

於是我也開始變了，開始正視這一類小說的型態，也希望別人對它有正確的看法。

武俠小說也是小說的一種，它能夠存在至今，當然有它存在的價值。

最近幾年來，海外的學者已經漸漸開始承認它的存在，漸漸開始對它的文字、結構、思想和其中那種人性的衝突，有了一種比較公正客觀的批評。

近兩年來，台灣的讀者對它的看法也漸漸改變了，這當然是武俠小說作者們共同努力的結果。

可是武俠小說之遭人非議，也不是完全沒有原因的，其中有些太荒謬的情節，太陳舊老套的故事，太神化的人物，太散漫的結構，太輕率的文筆，都是我們應該改進之處。

要讓武俠小說得到它應有的地位，還需要我們大家共同努力。

□　□　□

從《蒼穹神劍》到《離別鉤》，已經經過了一個漫長而艱苦的過程，一個十八九歲的少年，已經從多次痛苦的經驗中得到寶貴的教訓。

可是現在想起來這些都是值得的，無論付出多大的代價都是值得的。因為我們已經在苦難中成長。

一個人只要能活著，就是件愉快的事，何況還在繼續不斷的成長？所以我們得到的每一次教訓，都同樣值得我們珍惜。都可以使人奮發振作，自強不息。

一個人如果能時常這樣去想，他的心裡怎麼會有讓他傷心失望、痛苦悔恨的回憶？

一九七八、六、廿一夜

于東樓武俠經典珍藏版

鐵劍流星（下）雲煙

作者：于東樓
發行人：陳曉林
出版所：風雲時代出版股份有限公司
地址：10576台北市民生東路五段178號7樓之3
電話：(02) 2756-0949
傳真：(02) 2765-3799
執行主編：朱墨菲
美術設計：許惠芳
業務總監：張瑋鳳
出版日期：2024年10月珍藏版一刷
版權授權：于東樓
ISBN：978-626-7510-03-2
風雲書網：http://www.eastbooks.com.tw
官方部落格：http://eastbooks.pixnet.net/blog
Facebook：http://www.facebook.com/h7560949
E-mail：h7560949@ms15.hinet.net
劃撥帳號：12043291
戶名：風雲時代出版股份有限公司

風雲發行所：33373桃園市龜山區公西村2鄰復興街304巷96號
電話：(03) 318-1378　　傳真：(03) 318-1378
法律顧問：永然法律事務所 李永然律師
　　　　　北辰著作權事務所 蕭雄淋律師

行政院新聞局局版台業字第3595號 營利事業統一編號22759935

定價：340元　

國家圖書館出版品預行編目資料

鐵劍流星／于東樓 著. -- 初版 -- 臺北市：風雲時代出版股份有限公司，2024.10- 冊；公分（于東樓武俠經典珍藏版）
ISBN：978-626-7510-02-5（上冊：平裝）
ISBN：978-626-7510-03-2（下冊：平裝）

863.57　　113009916